Pierre Léoutre

LA DIAGONALE DE LA PEUR

FSC
www.fsc.org
MIXTE
Papier issu
de sources
responsables
Paper from
responsible sources
FSC® C105338

« Le savoir est le patrimoine de l'humanité »

Louis Pasteur

Paris - Place des Vosges.

Le soleil dans son dos accentuait sa silhouette longiligne en la déformant avec exagération : tête carrée, large poitrine, fessier monstrueux. Les rayons suivaient ses pas rythmés et léchaient les arceaux métalliques qui délimitaient la pelouse du jardin. Ce dessin de lui-même sur les pavés l'amusa. Le code de conduite ne le permettait pas. Compétences extrêmes, savoir se fondre et se confondre et allégeance. Finalement il était entré au séminaire.

Il prit par les arcades Nord, celles du pavillon de la Reine, rien de symbolique, il en préférait l'architecture des voûtes et ce magasin d'antiquités avec cet énorme bouddha rouge.

Mark Stevens Jr sonna au numéro 21. Escalier spacieux, appliques de style vieillot, il préférait le contemporain. Comme d'habitude, alors qu'il posait le pied sur la troisième marche précédent le palier, la porte de l'appartement s'ouvrit.

- Bonjour Monsieur. Puis je... ?

Vous débarrasser, Louis, le valet, véritable habit sur cintre, ne finissait plus ses phrases, anticipation de la vieillesse, économie du nombre de mots comme s'il y avait un compteur.

Le jeu d'échecs comprend l'ouverture, le milieu de partie et la finale. À la différence du jeu, il arrive que dans la vie réelle, la finale d'une partie rejoigne l'ouverture d'une autre. Le seul élément nécessaire à l'ambition est le temps, luxe essentiel.

Une seule chose sauve le joueur d'échecs finalement, c'est la promptitude à envisager toutes les solutions et à réagir.

PROLOGUE

New York 1869.

« *Panic à Wall Street. Le beau-frère du président Grant impliqué !* »

Le jeune garçon haranguait la foule d'un accent qui sentait encore la province texane et entamait avec les êtres pressés une chorégraphie dont il inventait chaque jour les nouveaux mouvements : invite d'un enlacement du bras, libération d'un geste de la main, pas chassé guilleret qui cherchait à suivre le passant dans sa marche du matin.

Aaron Meyer suivit du regard ce garçon efflanqué, cette petite mouche à la casquette de travers, qui, ce jour, parvenait plus vite que les autres, à vendre ces journaux. Il faut dire que le titre alléchant ne pouvait qu'attirer les badauds : argent, conflit d'intérêts, pouvoir. Il sentait d'ici les moustaches frémir et les épouses puritaines, dignes descendantes du *Mayflower,* osciller entre retenue et commérage.

Meyer n'avait pas besoin d'acheter un exemplaire du *Springfield Daily Republican.* Il connaissait l'histoire : la guerre de Sécession finie, le président avait voulu revenir à l'étalon or et garantir les obligations. Depuis plusieurs mois, la question cruciale était de connaître la quantité d'or que le gouvernement vendrait pour racheter des greenbacks (billets). Le beau-frère du Président américain était suspecté d'avoir joué de ses relations familiales pour en savoir plus. Las ! Le triple idiot s'était fait, en réalité, manipulé par deux de ses amis qui avaient racheté une part importante d'or. Il n'avait eu, en plus, aucune velléité d'enrichissement. Le scandale s'éteindrait. Beaucoup de petits spéculateurs resteraient sur la paille. Mais le métier était à risque.

Meyer sortit la montre à gousset de son gilet, jeta un coup d'œil, la rangea. Voyons, il avait gagné un peu d'argent sur cette spéculation dont la réputation du président des États Unis allait pâtir. Rien que de très raisonnable. Juste de quoi ne pas recevoir l'opprobre des bien-pensants.

Il se tourna, alors, vers l'immeuble qu'il venait d'acquérir.

Ni trop près, ni trop loin : lieux d'argent lieux de pouvoir. Pas de signe ostentatoire. Laisser croire aux autres que surtout rien ne se décidait pour l'instant dans ses bureaux.

Il descendit les marches, fit quelques pas sur la gauche et obliqua dans la *Liberty Street*. Il décida de ne pas prendre de fiacre pour rentrer chez lui. Une femme plus charmante que jolie, solide et bien née, de l'entrain mâtiné de retenue. Pas de maîtresse, absence de temps et de goût pour le superflu. Pas de risque sur ce terrain, un seul mot d'ordre : la transparence. Deux enfants : le garçon était déjà impliqué dans les affaires. Il lui fallait maintenant marier sa fille. En faire un instrument de conquête et d'extension.

L'or n'intéressait guère Meyer, c'était pourtant une valeur qui s'était montrée assez stable au fil de siècles. Mais il préférait miser sur la condition humaine. Organiser le désordre, profiter de la pénurie et du malheur et en tirer profit. Les matières premières pouvaient manquer. La turpitude humaine non.

Il leva son chapeau pour saluer une connaissance. L'exploitation des mines pouvait souffrir de grèves, de pénurie de main-d'œuvre.

Il avait décidé, lui, de s'appuyer sur le péché. À bien y réfléchir, sur quel vice humain ne pouvait-on jouer ? Sur quelle basse envie humaine ne pouvait-on bâtir une fortune ?

Meyer s'arrêta et se mit de profil pour laisser passer une dame dont la tournure de robe, dans une mode importée de Paris, imposait qu'on lui laissât le passage. La bassesse humaine, voilà l'avenir des investissements.

I

Toulouse gardait un charme indéniable sous cette légère pluie d'automne qui n'arrivait pas encore à faire oublier le dernier été. Avec un doigt précis, le capitaine André Ormus lança l'essuie-glace de son véhicule de planque, juste quelques brefs allers-retours pour essuyer les gouttes posées sur le pare-brise de sa voiture ; le policier avait choisi de faire ce geste autant pour passer le temps que pour être certain de voir le mieux possible l'entrée du restaurant où sa cible était en train de déjeuner avec un interlocuteur mystérieux ; celui, précisément, que l'Officier de la DST (1), le service français de contre-espionnage et de lutte anti-terroriste, aurait bien voulu identifier rapidement. Sa sémillante et jeune collègue se trouvait à l'intérieur de l'établissement, pour la même raison que lui, savoir avec qui leur objectif, un expert financier d'une banque d'investissement puissante et internationale, partageait son repas.
Le CD de l'autoradio jouait doucement un Solo Live de Michel Petrucciani, là encore pour meubler le temps de cette attente si caractéristique du métier de flic. Alors que les applaudissements éclataient pour saluer le brio du pianiste, le micro qui reliait André Ormus à sa

collègue se mit en marche et une voix féminine retentit dans l'habitacle de la voiture :

- Si tu dors, vieux, réveille-toi ! Ils ont fini leur repas et se lèvent de table, je pense qu'ils vont sortir du restaurant rapidement et ni l'un ni l'autre n'ont l'air de bonne humeur.

- D'accord, rejoins-moi sans te faire repérer.

- Tu me prends pour qui ? Je suis meilleure en filoche que toi, rétorqua la jeune Policière.

- OK, ok, pas de souci, je respecte ton ego. Tu as pu prendre quelques photos ?

- Mais oui, arrête de t'inquiéter et prépare-toi à faire démarrer la voiture. On va suivre le petit nouveau ?

- Oui, bien entendu, répondit André Ormus. L'autre, on le connaît déjà par cœur.

- Super. J'arrive !

Comme sur un écran de cinéma, le policier vit sortir de l'établissement les deux hommes et sa collègue ; cette dernière se dirigea l'air de rien vers leur voiture banalisée, garée à une trentaine de mètres, tandis que les deux autres continuaient à discuter devant la porte d'entrée ; aucun ne haussait la voix mais leur échange semblait effectivement très tendu : mâchoires serrées, mains crispées et yeux furieux.

Le Lieutenant Sophie Bouzenac, élément brillant et plein d'avenir de la DST toulousaine, ouvrit la portière passager de leur véhicule de service et se posa sur le siège avant de dire à son collègue :
- Ils n'ont vraiment pas l'air copain, nos deux zigotos. Et malgré le joli micro directionnel que m'a passé la section technique, je n'ai rien pu entendre de leur conversation à table. Trop de bruit de fond dans la salle du restaurant.
- Pas grave, rétorqua André Ormus, on finira bien par savoir. Si ce charognard de la finance est venu manger avec ce type, c'est forcément pour une bonne raison, ou du moins une raison qui nous intéresse. Patience, on les aura.
- En attendant, ils ne semblent toujours pas d'accord entre eux, ajouta la jeune femme. Leur discussion s'éternise mais ils paraissent aussi mécontents.

Sophie Bouzenac ne croyait pas si bien dire : non seulement leur mésentente verbale était visible à distance, mais elle prit brusquement un tour particulier : soudain, leur objectif sortit de l'intérieur de sa veste un pistolet muni d'un silencieux et colla une balle en plein milieu du front de celui qui avait partagé sa table quelques minutes auparavant. Et tandis que le second s'écroulait sur le trottoir tel une chiffe molle, le premier rengaina son arme et s'éloigna tranquillement à grandes enjambées vers le coin de la rue. Hormis les deux policiers de la DST en planque, personne n'avait rien vu ou entendu de ce meurtre rapide.

- Euh... Qu'est-ce qu'on fait, mon capitaine ? finit par dire Sophie, estomaquée par ce crime imprévisible réalisé devant leurs yeux.

- On rentre au service et on rend compte, répondit André Ormus en faisant démarrer leur voiture en trombe.

(1) : DST : La Direction de la Surveillance du territoire était un service de renseignements du ministère de l'Intérieur, au sein de la Direction générale de la Police nationale, chargé historiquement du contre-espionnage en France. Cette dernière compétence n'était plus la seule qui était confiée à la DST ; depuis la disparition du bloc soviétique, s'y ajoutaient la lutte antiterroriste, la lutte contre la prolifération (matériels sensibles ou militaires) et la protection du patrimoine économique et scientifique français. Une affaire célèbre de la DST est celle de Vladimir Vetrov. Celui-ci, officier du KGB, a trahi son service par rancœur au printemps 1980. Il contacta la DST, craignant que la Direction générale de la sécurité extérieure (DGSE), le service français habituellement chargé de l'espionnage, ait été pénétrée par le KGB, et parce qu'il avait été en relation avec un Français répondant au nom de Jacques Prévost qui assurait le suivi des contrats signés par Thomson-CSF en Union soviétique notamment dans le domaine des télécommunications (cf. le livre de Raymond Nart, Jacky Debain et Yvonnick Denoël, *L'affaire Farewell vue de l'intérieur,* Nouveau Monde, 2013). Le 1er juillet 2008, la DST a fusionné avec la Direction centrale des Renseignements généraux au sein d'une nouvelle direction qui a pris le nom de Direction centrale du Renseignement intérieur

(DCRI), elle-même renommée DGSI (Direction Générale de la Sécurité Intérieure) en 2014. Source : http://fr.wikipedia.org/wiki/Direction_de_la_Surveil lance_du_territoire.

II

L'aéroport Roissy-Charles de Gaulle est une ruche immense, une porte vers le ciel du monde entier. Les voyageurs courent vers leurs salles d'embarquement, sans faire attention aux autres passagers ; ils sont discrètement mais efficacement encadrés par le personnel de la cité aéroportuaire, l'énorme machine est bien huilée et rien ne semble pouvoir l'enrayer.

Sauf que ce jour-là, des hurlements soudains créèrent un début de panique, entraînant une intervention immédiate des forces de l'ordre, des membres en uniforme de la police aux frontières et une patrouille de l'armée en poste à l'aéroport dans le cadre de l'opération Sentinelle.

Pourtant, il ne s'agissait pas d'une attaque terroriste ni même d'une bagarre de rappeurs : l'un des nombreux tapis roulants qui rendaient aux passagers les milliers de bagages sortis des soutes des avions transportait d'une façon obscène un homme, plus exactement un cadavre transpercé par un javelot, du type de ceux utilisés par les athlètes aux Jeux Olympiques.

Ce n'était pas la première fois, loin de là, que la police constatait un décès dans l'enceinte de l'aéroport ; entre les meurtres de SDF à coups de couteau et les suicides, les policiers, malheureusement, avaient parfois à régler ce genre de problèmes. Mais l'originalité morbide de ce crime au javelot était vraiment particulière. Le plus étonnant était que, la première émotion passée, certains voyageurs n'avaient pas hésité à sortir leurs téléphones portables pour immortaliser la scène du crime ; ce voyeurisme numérique malsain obligea les forces de l'ordre à sanctuariser très rapidement les lieux ; il fallait en outre protéger d'éventuels indices.

Un officier de police judiciaire entama sans tarder son travail de constatations, après avoir avisé le procureur de la République de permanence.

L'identification de la victime fut aisée car le cadavre avait dans la poche intérieure de sa veste ses papiers d'identité et son billet d'avion ; il s'agissait d'un exportateur d'orchidées de la région parisienne, qui revenait d'un voyage d'affaires en Asie du sud-est. Les premières investigations ne donnèrent aucun résultat pouvant éclairer le mobile de ce crime sauvage : aucun antécédent judiciaire, aucune activité notable, politique ou autre, aucun indice susceptible d'orienter l'enquête sur ce meurtre atypique par javelot.

Le policier s'intéressa ensuite à la valise de la victime, qui avait été retrouvée rapidement par les bagagistes de l'aéroport. Son contenu, a priori, était conforme à ce qu'il était possible d'attendre de ce type de voyageurs.

Le policier décida d'insister et demanda à faire passer la valise par le tomographe, un scanner qui permet une visualisation très fine. Et il eut raison car la valise recelait une cache minuscule, invisible à l'œil nu et dans laquelle était dissimulée une sorte de tube. Il appela immédiatement ses collègues du déminage, qui ouvrirent délicatement le fond du bagage pour en extraire le tube en verre. Le démineur rassura l'officier de police judiciaire, il ne s'agissait pas d'explosifs ; mais cette fiole cachée paraissait suffisamment suspecte et menaçante pour justifier un envoi ultérieur aux laboratoires du ministère de l'Intérieur.
Le policier termina son rapport de premières constatations, l'antenne de l'identité judiciaire ses prises d'indices sur les lieux du crime ; la fiole était précieusement rangée dans le coffre-fort du bureau de l'officier de police et le cadavre avait quitté le paysage de l'aéroport Roissy-Charles de Gaulle, où la vie reprit son cours normal. Certes, les journaux télévisés allaient évoquer dans leur édition du soir le meurtre au javelot mais déjà, les voyageurs ne pensaient qu'à prendre leur avion.

III

Sophie Bouzenac et André Ormus se précipitèrent dans le bureau de leur chef de section et lui racontèrent le meurtre auquel ils avaient assisté en direct ; dans une telle situation, deux actions s'imposaient immédiatement : rédiger un rapport et aller rendre compte au chef de service, ce qui fut fait illico presto.

Le patron toulousain de la DST était un homme placide et un policier expérimenté ; le commissaire Divisionnaire était en train de terminer la rédaction de la conférence sur l'intelligence économique qu'il devait présenter devant un aréopage de chefs d'entreprises stratégiques de la région Midi-Pyrénées lorsqu'il vit débarquer dans son bureau directorial ses trois fonctionnaires venant lui annoncer que l'un des objectifs humains suivis par son service venait d'ajouter à son curriculum vitae la rubrique : « assassin ». En soi, ce n'était pas une catastrophe - hormis pour la victime, naturellement - mais les policiers de la DST aimaient bien maîtriser l'ensemble des processus et un tel événement subit perturbait la gestion calibrée de l'affaire concernée. Le commissaire félicita ses troupes d'avoir été là au bon moment, ce qui leur avait permis, au bout du compte, d'être en pointe sur le suivi de ce dossier sensible ; puis il leur demanda d'aller peaufiner la rédaction du rapport administratif dont il attendait avec impatience la lecture. Resté seul dans son bureau, il téléphona à son homologue parisien pour l'aviser du fait grave qui venait de se produire à Toulouse ; son collègue de la Direction Centrale, qui possédait une vision globale de ce dossier, se montra fort surpris car à sa connaissance aucun élément nouveau ne justifiait une telle dérive meurtrière. Puis le patron toulousain appela le commissaire divisionnaire qui dirigeait le Service Régional de la Police Judiciaire (SRPJ) ; ce dernier, bien entendu, était déjà au courant du meurtre qui venait de se produire devant le restaurant toulousain, mais il fut très intéressé d'apprendre que l'assassin était connu et suivi de près par la DST. Les deux directeurs décidèrent de monter immédiatement une équipe mixte composée d'enquêteurs de leurs services, afin de faciliter l'échange d'informations et de faire progresser rapidement les investigations.

Naturellement, le patron de la DST n'avait aucunement l'intention de communiquer à son collègue de la PJ les tenants et les aboutissants de l'affaire qui, selon les informations dont il disposait, avait une dimension internationale, sous la forme d'une sorte de trafic de virus en provenance de Chine. Mais il devait tout de même transmettre à la Police Judiciaire l'ensemble des éléments qu'il possédait sur le pedigree du meurtrier, en y ajoutant une vague explication justifiant l'enquête en cours de la DST sur cet individu.

IV

Le commissaire de police parisien leva les yeux quelques secondes, pour le pur plaisir de contempler le décor de son bureau, au cœur du mythique 36 quai des orfèvres, le service emblématique de la Police Judiciaire, où tant de flics et de malfrats avaient écrit ensemble une longue et passionnante histoire de la criminalité française. Cela faisait déjà deux ans qu'il avait obtenu ce poste et il avait encore du mal à croire à sa chance professionnelle ; en outre, le temps était passé très vite, au gré d'affaires aussi diverses que variées mais il avait conservé intact son plaisir de commander l'un des groupes d'enquête de la Brigade Criminelle. Un dossier chassait l'autre, les mois filaient à toute allure ; pourtant le policier avait quelque part le sentiment de rester indestructible, comme soutenu par la force légitime qui habitait les locaux historiques de la Police Judiciaire parisienne.
Il se replongea dans la lecture de la synthèse qui avait atterri sur son bureau de patron de la PJ ; il s'agissait d'un résumé de toutes les affaires criminelles en cours, qu'il lisait attentivement, tant pour être au courant du travail quotidien de ses officiers et de ses gardiens de la paix, que pour établir un lien toujours possible entre différents dossiers ; il ne se lassait jamais de l'imagination déployée par les gens pour faire du mal

aux autres gens ; il n'était pas désabusé par la nature humaine mais sa lecture quotidienne le rendait, comme tous les flics, assez lucide sur ce dont étaient capables des femmes et des hommes qui, pour de multiples raisons, basculaient du côté du crime. Et le commissaire de police avait déjà appris de son métier à la Police Judiciaire que toutes ces personnes, quelque part, se ressemblaient. Malgré leurs motivations, les modes opératoires de leurs actions criminelles, leur passé et leurs raisons, pitoyables ou compréhensibles, les criminels étaient tous les mêmes et leur destin, tôt ou tard, était de finir en garde à vue dans les locaux de la Police Judiciaire. Ce n'était pas une vue de l'esprit d'un policier cherchant à garder entière sa motivation mais une sorte de réalité sociologique du délinquant, sans fondement scientifique, sans prédétermination fatale et décelable car tout le monde ou presque pouvait se retrouver un jour du mauvais côté ; non, c'était un constat objectif et un peu triste qui, au bout du compte, rendait celui qui en était conscient à la fois humble et vigilant, sur un fond de sérénité mélancolique.
Cela étant, le policier n'était pas là pour philosopher mais pour évaluer et dynamiser le travail de son équipe d'enquêteurs ; il se concentra sur la lecture de la synthèse quotidienne mais rien ne frappa véritablement son attention. Alors il piocha presque par hasard et

décida d'envoyer deux de ses plus fins limiers faire un tour à l'aéroport de Roissy, afin de creuser un peu l'assassinat par javelot du bonhomme dont le boulot consistait à exporter dans le monde entier de jolies orchidées qui avaient commencé à pousser dans le terreau de la douce France. Car le commissaire ne voyait pas du tout le lien entre un javelot et une orchidée et cette interrogation à la fois farfelue et perspicace pouvait et même devait constituer la base d'un raisonnement performant dans le cerveau d'un flic de la PJ.

Ce fut par conséquent ce raisonnement hiérarchique implacable qui amena le capitaine Olivier Stirmol et la Brigadier-Chef Djamila Bouhared à prendre un véhicule de service pour aller effectuer un complément d'enquête à l'aérogare de Roissy. Les deux policiers s'entendaient bien et étaient contents de s'échapper ensemble quelque temps de leur bureau avec sa pile de dossiers, au cœur de Paris, pour vaquer sur « le terrain », mot magique qui signifiait qu'ils pouvaient vivre leur métier de flic. À cette heure de l'après-midi, la circulation était encore relativement fluide et ils parvinrent relativement rapidement à l'aéroport. Ils avaient prévenu par téléphone leurs collègues de la Police des frontières de leur arrivée et après avoir garé leur voiture, ils se dirigèrent immédiatement vers les locaux réservés au Ministère de l'Intérieur. Là, ils furent reçus par un commandant blasé, chef de service d'une unité policière surmenée qui veillait autant sur la population employée dans la cité aéroportuaire que sur le flux incessant de voyageurs - et ce n'était pas une mince affaire -. La mémoire du service regorgeait d'affaires tragiques ou burlesques, comme si le contexte particulier de l'aérogare favorisait des dysfonctionnements humains à gérer dans l'urgence cadencée par le bal permanent des arrivées et des départs des avions dans le ciel francilien.

À ce titre, l'assassinat par javelot d'un vendeur d'orchidées ne représentait pas un phénomène véritablement spectaculaire ; sanglant, certes, voire paradoxal dans l'association de la pointe meurtrière et de la jolie fleur, mais ce meurtre au mode opératoire original mais primaire ne déparait pas dans la longue histoire des crimes commis dans l'enceinte de l'aéroport de Roissy depuis sa création en 1974.

Ce n'était pas le moment de faire un bilan historique : le commandant mit à la disposition de ses deux collègues de la Police Judiciaire parisienne un bureau tranquille où ils purent décortiquer les premières pièces de la procédure, saisine, constatations, premières investigations. L'album photographique du cadavre, à vrai dire, en disait plus long que le long procès-verbal

descriptif : la victime avait été découverte sur un tapis roulant qui servait à transporter les bagages de la soute des avions jusqu'à l'aérogare et elle était effectivement transpercée par un javelot, tel un énorme papillon épinglé. Un autre procès-verbal décrivait scrupuleusement toutes les affaires que contenait sa valise.
- Je peux voir les scellés ? demanda le capitaine de la PJ.
- Pas de problème, répondit le commandant. Ils sont rangés dans le coffre de mon bureau. A priori, rien d'extraordinaire pour un gars qui fait un voyage en avion. Il y a juste une petite fiole, sans doute un extrait de parfums d'orchidées dans la mesure où, d'après les papiers que nous avons trouvés dans la valise, le type assassiné est le patron d'une boîte d'export de ces fleurs. Il a dû apporter cela à ses clients de Shanghai - puisqu'il revenait de cette ville, on a vérifié, il était bien sur ce vol
- J'ai prévu de transmettre cette fiole au laboratoire de la Police scientifique pour faire analyser son contenu mais si vous reprenez cette enquête, vous vous en occuperez directement.
- Bien entendu, acquiesça le capitaine de la PJ. Djamila, tu peux faire une copie de la procédure pendant que je vais voir les scellés ?
- Je m'en occupe, Olivier ! Tu me diras si ça sent bon, le parfum d'orchidées en fiole ?

- Je te le promets !

Dans le bureau de son collègue de la Police des frontières, Olivier Stirmol prit le temps de regarder tous les éléments inventoriés dans la valise de l'homme sauvagement assassiné : effectivement, rien n'attirait l'attention, hormis, peut-être, cette petite fiole hermétiquement fermée.
- Djamila va être déçue, se dit le capitaine. Aucune odeur de parfum ne peut s'échapper de cette fiole. Ce qui est logique pour aller voir des clients à l'autre bout du monde.

Le commandant s'installa à son ordinateur pour rédiger un procès-verbal de remise des scellés que les deux policiers signèrent consciencieusement afin que le capitaine de la PJ pût emporter avec lui les effets personnels de la victime. Cette dernière avait déjà été transportée à la morgue de la Préfecture de Police de Paris car un cadavre transpercé d'un javelot faisait un peu désordre dans l'ambiance de l'aéroport de Roissy.
Les formalités accomplies et les photocopies effectuées, Olivier Stirmol et Djamila Bouhared purent remonter à bord de leur véhicule de service et rejoindre leurs bureaux à la Brigade Criminelle. Hormis son mode opératoire quelque peu original, ce meurtre ne

paraissait pas devoir constituer l'affaire criminelle du siècle : la Police Judiciaire en avait vu d'autres !

V

La Police Judiciaire en avait vu d'autres et justement un autre crime venait de se produire… Une équipe de la police judiciaire dut se déplacer en urgence à l'Institut Pasteur où une jeune et jolie femme, ex-assistante d'un professeur de médecine, avait été retrouvée étranglée après avoir été violée. Un meurtre sordide et barbare qui se rajoutait à la trop longue liste des violences mortelles faites aux femmes. Le mobile sexuel de ce crime paraissait évident. Les policiers ne pouvaient pas deviner que la victime était une spécialiste pointue des virus, auteure d'un rapport très confidentiel et fort pertinent sur les risques du terrorisme bactériologique, commandité par la DGSE (2).

(2) : DGSE : La Direction générale de la Sécurité extérieure, créée le 2 avril 1982, couramment connue sous le sigle DGSE, est le service de renseignement extérieur de la France depuis 1982, succédant au Service de documentation extérieure et de contre-espionnage (SDECE). Placée sous l'autorité du ministre français des Armées, la DGSE est dirigée depuis le 26 juin 2017 par Bernard Émié. Sa devise serait « Partout où nécessité fait loi, qui exprime l'impératif de la raison d'État ou, selon d'autres sources, « Ad augusta per angusta » (« À des résultats grandioses par des voies étroites ») – Source : fr.wikipedia.org.

VI

Sophie Bouzenac et André Ormus ouvrirent la porte blindée qui permettait l'accès aux locaux toulousains de la DST, afin de laisser entrer leurs deux collègues de la Police Judiciaire, mandatés par le Directeur du SRPJ de la Ville Rose pour cette enquête commune sur le meurtre commis par l'expert financier d'une banque d'investissement puissante et internationale. Les quatre policiers commencèrent par partager un café afin de détendre l'atmosphère car les deux services ne coopéraient pas fréquemment : ils agissaient rarement dans le même cadre juridique et sur des thématiques similaires, hormis quelques brigades centrales spécialisées dans la lutte contre le terrorisme. Puis ils s'installèrent dans le bureau d'André Ormus et sortirent leurs dossiers respectifs : la DST avait préparé une fiche démarquée mais assez complète sur l'assassin, son parcours professionnel, son adresse, ses téléphones ; le document s'étonnait en conclusion du meurtre commis de sang-froid par leur objectif, que rien ne laissait supposer ; selon la Préfecture de la Haute-Garonne, il ne disposait pas d'autorisation administrative de détention d'armes à feu et était suivi par le service secret au titre de son affairisme monétaire pour le compte de la multinationale, non comme tueur à gages. Quant aux flics de la PJ, ils avaient apporté une copie des procès-verbaux des constatations sur les lieux du crime et du rapport balistique de l'Identité Judiciaire. L'arme utilisée était complètement inconnue des fichiers de police et le mobile de cet assassinat restait tout à fait mystérieux. Les enquêteurs de la Police Judiciaire avaient naturellement réussi à identifier la victime : c'était un chef d'entreprise de la région toulousaine, spécialisée dans la fabrication de roulements à billes spécifiques pour l'industrie chimique ; la perquisition effectuée dans les locaux de sa société n'avait rien révélé de troublant et la secrétaire avait juste affirmé que son patron revenait d'un voyage d'affaires tout à fait classique à Shanghai : l'important laboratoire pharmaceutique français, qui représentait le principal client de la PME dont le dirigeant venait d'être brutalement assassiné, était en train de faire construire dans cette ville chinoise un centre immense de production de médicaments qui nécessitait plusieurs milliers de roulements à billes.

La vie privée de l'entrepreneur tué ne recelait pas non plus de mystères sulfureux et la situation financière de la société était particulièrement bonne ; il n'existait en conséquence aucune explication rationnelle à ce meurtre brutal au sortir d'un restaurant toulousain. En somme, les quatre policiers n'avaient guère avancé au terme de cette première réunion de travail commun ; mais l'enquête ne faisait que débuter. Ils se séparèrent en se promettant de se revoir prochainement et surtout de se prévenir mutuellement en cas d'éléments nouveaux ; ce genre de promesses n'engageait à rien mais permettait de conserver la sérénité professionnelle nécessaire. Les policiers de la PJ annoncèrent qu'ils allaient rapidement effectuer une perquisition au domicile du tueur, qu'ils allaient également tenter de localiser par l'intermédiaire de ses téléphones ; mais il était fort probable que l'expert financier qui s'était brusquement transformé en tueur avait déjà fait le ménage chez lui et à son bureau et que ses téléphones avaient été jetés au fond de la Garonne, le fleuve majestueux qui rendait la ville de Toulouse encore plus belle.

Par conséquent, l'enquête s'annonçait particulièrement difficile, même pour les fins limiers de la Police Judiciaire et de la DST. Ceux-ci conservaient pourtant un moral de vainqueurs, car un tel « nettoyage » brutal prouvait un dysfonctionnement important dans les affaires obscures de ce milieu financier international ; et les policiers, tôt ou tard, en trouveraient la trace.

VIII

Était-ce une survivance de la concession française sur la mégapole chinoise ? Shanghai est également surnommé le « Paris de l'Orient ». Cependant, le capitaine de la DST André Ormus n'avait pas la tête à imaginer les temps joyeux mais révolus de la présence de ses compatriotes sur les rives de la rivière Huangpu ni même de se féliciter d'effectuer une mission secrète en Asie, comme ses collègues militaires de la DGSE. Normalement, les policiers de la DST n'avaient pas vocation à mener des opérations d'espionnage à l'étranger, leurs missions consistaient à lutter contre le terrorisme et l'espionnage sur le territoire français. Mais les circonvolutions complexes d'une enquête entamée à Paris avaient entraîné l'officier de police jusqu'à la capitale financière de la Chine, où il devait rencontrer un agent de la DST dont le pseudonyme était *Du Yuesheng*. Le policier était parti en urgence dans un avion qui avait décollé de Roissy, avec simplement le nom de ce contact ainsi qu'un numéro de téléphone pour le joindre, et la vague explication qu'il s'agissait d'un problème important lié à l'influenzavirus A de sous-type H7N9, un virus grippal détecté pour la première fois chez l'être humain à Shanghai au

printemps 2013 et qui avait déjà tué une cinquantaine de personnes.
André Ormus ne possédait pas de compétences particulières en matière de virologie, il se disait par conséquent que sa hiérarchie l'avait envoyé dare-dare à l'autre bout du monde en raison de ses qualités d'officier traitant et de sa capacité reconnue à manipuler des sources humaines, et non pour ausculter des malades contaminés par des volailles. Quant à savoir si la pandémie faisait partie des risques de son métier, c'était une autre histoire... Pour l'heure, il ne se posait pas la question et se préoccupait simplement de rejoindre le quartier d'affaires de Pudong, où il avait rendez-vous avec le mystérieux Du Yuesheng.
Le plus étonnant à Shanghai, même pour un Parisien habitué à la cohue du métro ou du RER, c'était le nombre de gens qui se déplaçaient dans les artères de cette ville de vingt-trois millions d'habitants : la foule innombrable de piétons donnait véritablement le vertige. Et imaginer la prolifération brutale d'un virus assassin dans une telle promiscuité humaine faisait peur.
Cela étant, un bon officier de la DST ne connaissait pas la peur ; par conséquent, le policier venu de Paris était parfaitement serein lorsqu'il parvint à l'entrée de la tour biseautée du World Financial Center, le plus haut

gratte-ciel de Shanghai. Il paya 150 Yuans afin de pouvoir accéder à la passerelle située au sommet de l'immeuble, un lieu touristique renommé pour sa vue panoramique à 474 mètres au-dessus du sol et, accessoirement, l'endroit idéal pour un rendez-vous discret, du genre de ceux qu'affectionnent les agents secrets.
Après avoir jeté un coup d'œil sur le paysage urbain magnifique et impressionnant de Shanghai vu d'en haut, le policier français sortit de sa poche son téléphone portable et appela à nouveau Du Yuesheng ; son interlocuteur décrocha aussitôt et lui annonça dans un français impeccable qu'il était lui aussi arrivé sur la passerelle ; puis il lui demanda de décrire exactement la façon dont il était habillé, afin de pouvoir le reconnaître parmi tous les touristes qui profitaient du point de vue spectaculaire au sommet du gratte-ciel chinois.
André Ormus lui répondit précisément tout en se disant que ses propos relevaient maintenant d'une alternative simple : ou Du Yuesheng allait se diriger vers lui comme prévu, ou le policier français allait prendre immédiatement une balle en pleine tête, dans l'hypothèse où il serait tombé dans un traquenard. Dans son métier, cette seconde éventualité n'était jamais à exclure ; heureusement, l'homme qui surgit

alors devant lui était souriant et désarmé. Le contact de Shanghai était établi.

IX

Après avoir dissous dans un bain d'acide chlorhydrique l'arme qui lui avait servi à flinguer le chef d'entreprise toulousain un peu trop curieux et obtus, Patrice Lemard se servit un bon whisky. Il était heureux de retrouver sa planque, un petit chalet confortable perdu dans la forêt landaise, à deux cents mètres à peine de la plage océanique. Même s'il savait pertinemment qu'il venait là pour la dernière fois, comme il avait conscience qu'il ne remettrait jamais les pieds à Toulouse, où il venait de commettre un crime de sang-froid. Cette situation ne l'émouvait absolument pas : avant de travailler comme expert financier pour la banque d'investissement, il avait servi quinze ans dans les commandos marine, des unités de combat de la Marine nationale française qu'il avait quittées à la suite d'une rixe mortelle, une vague et stupide rivalité amoureuse avec l'un de ses camarades de combat qui s'était mal terminée, en marge d'une mission militaire à l'autre bout du monde. Il avait conservé de cette époque le savoir-faire et le goût de tuer, sans le moindre état d'âme. Ses talents avaient été repérés par l'un des recruteurs de la multinationale, qui avait complété sa compétence professionnelle par une formation d'analyste financier ; certes, on ne demandait pas à

Patrice Lemard d'être capable de monter à toute allure une stratégie boursière de plusieurs milliards de dollars, juste d'arriver à convaincre le bon interlocuteur au bon moment. Généralement, Patrice Lemard y arrivait remarquablement bien. Et en cas de négociations stériles, il savait trouver une solution rapide et efficace. Comme à Toulouse.

Le chef d'entreprise qui revenait de Shanghai rapportait dans ses bagages une dizaine de fioles qu'il devait remettre sans poser de questions inutiles à Patrice Lemard. Et malheureusement, il avait commencé à poser des questions. L'expert financier avait commencé à lui proposer de s'associer au projet global, sans entrer dans les détails mais avec la promesse de gagner beaucoup d'argent. La condition était de faire confiance tout en restant extrêmement discret. Malheureusement, l'entrepreneur toulousain se montrait vraiment trop curieux et maladroit et n'arrivait pas à prendre conscience du système complexe et dangereux auquel on lui proposait de participer. À la fin de leur repas au restaurant, Patrice Lemard avait non seulement récupéré ses dix fioles mais il avait déjà pris la décision d'abréger l'existence de son interlocuteur. D'autant plus que la discussion s'était stupidement envenimée : sous prétexte qu'il avait remis comme convenu les fioles rapportées de Shanghai, le

patron de la boîte de roulements à billes exigeait d'en savoir plus sans attendre le rendez-vous que lui proposait l'expert financier la semaine suivante ; et le ton avait monté très vite, au grand dam de Patrice Lemard qui craignait les oreilles indiscrètes. Ce dernier n'eut alors aucun scrupule à dégainer son arme et à descendre son interlocuteur, qu'il trouvait décidément trop pénible et bavard. Après tout, il avait réceptionné les fioles et son employeur ne lui demandait pas autre chose, quels que fussent les pots cassés.
Patrice Lemard se dirigea à pied vers la dune qui bordait la paisible plage landaise ; un vent léger et agréable faisait voler quelques grains de sable doré. Il jeta un coup d'œil circulaire afin de s'assurer qu'il était seul puis s'assit sur le sol et alluma son téléphone portable, dont la connexion était totalement sécurisée. À la deuxième sonnerie, quelqu'un décrocha et lui demanda aussitôt :
- Je vous remercie d'avoir récupéré les fioles. Vous les avez déposées à l'endroit habituel ?
- Oui, pas de problème.
- OK, on les récupérera rapidement. Maintenant, il faut vous mettre à l'abri. Vous n'avez pas laissé de traces ?
- Ah si, je pense que la police française n'aura pas de mal à identifier l'auteur du meurtre de Toulouse !

- Je veux dire : vous pouvez quitter le pays sans difficultés et sans qu'on puisse vous suivre et remonter jusqu'à nous ?
- Aucun souci. J'ai un passeport avec une identité neutre et je traverse cette nuit la frontière espagnole.
- Parfait ! Vous allez vous mettre au vert pendant quelques semaines dans l'une de nos bases en Colombie. Ensuite, vous irez vous occuper de notre nouvelle usine de production au Mali, alimentée par un puissant Cartel et protégée par un groupe de terroristes islamistes. L'idéal pour vous changer les idées et vous faire oublier en France.
- Production de médicaments ?
- Non, évidemment ! Appelez-moi quand vous serez arrivé à Bogota. Bon voyage !

Patrice Lemard revint vers son chalet. D'un geste élégant, le soldat perdu jeta le téléphone portable qui lui avait servi à tenir cette conversation pleine d'espérance, dans le même bac d'acide chlorhydrique où avait disparu l'arme du meurtre commis à Toulouse quelques heures plus tôt. Ses turpitudes assassines dans la Ville Rose lui semblaient n'être déjà qu'un souvenir vieux et inutile.

X

- C'est quoi, ce bordel ? se demanda intérieurement le commissaire de la Brigade Criminelle.

Posés devant lui, sur son bureau, se trouvaient la fiole et les documents proceduraux qu'Olivier Stirmol et Djamila Bouhared lui avaient rapportés de Roissy. Bien entendu, il n'avait pas ouvert la fiole et s'apprêtait à la faire expertiser par le laboratoire scientifique de la Police Nationale. Mais il aimait bien prendre le temps de contempler les premiers indices d'une affaire a priori absconse, afin de s'imprégner de la matérialité du drame criminel sur lequel il était chargé d'enquêter avec son équipe. Et présentement, son sixième sens, celui qui faisait les bons flics, lui suggérait quelque chose de bien plus complexe qu'un assassinat un peu exotique par javelot d'un touriste d'affaires revenant de Shanghai. Mais il avait beau se triturer les méninges et faire appel à son excellente mémoire, aucune piste convaincante ne lui venait à l'esprit.

Il se décida enfin à téléphoner au laboratoire pour leur demander d'étudier le contenu de cette fichue fiole. Puis il prit une chemise cartonnée de couleur rouge - comme le sang - et y classa les premiers éléments recueillis par ses subordonnés ; avec un feutre, il inscrivit en gros ses lettres la mention « meurtre Shanghai Roissy », mots qui constituaient pour l'heure les seuls éléments vraiment tangibles dont il disposait sur cette mystérieuse affaire. Enfin, il posa le dossier nouvellement créé sur la pile déjà haute qui ornait l'angle droit de son bureau et se replongea dans l'étude d'un dossier criminel plus ancien, tout aussi complexe comme pouvait l'être le genre humain.

XI

- Vous êtes certain de ne pas avoir été suivi ? demanda André Ormus.
- Aucun problème, notre rendez-vous est parfaitement sécurisé, répondit Du Yuesheng. Vous êtes au courant de ma mission ?
- Je n'en ai pas la moindre idée. La Centrale m'a juste demandé de venir ici, pour vous rencontrer au sujet d'une histoire de virus.
- C'est effectivement une histoire de virus. Et ce n'est pas une histoire drôle. Je travaille dans un laboratoire scientifique, basé à Shanghai mais qui appartient à une multinationale extrêmement puissante. En ce qui me concerne, je suis d'origine chinoise par ma mère et mon père était Légionnaire ; je suis de nationalité française et j'ai été embauché il y a plusieurs années dans ce laboratoire en raison de mes grandes compétences en matière de virologie. Mais la compétence n'exclut pas l'éthique et lorsque j'ai compris sur quoi me faisaient travailler mes employeurs, j'ai décidé de réagir.
- C'est-à-dire ? interrogea le policier.
- Je ne voulais pas cautionner le projet Azraël.
- Azraël ?
- Oui, Azraël, le nom de l'Ange de la Mort.

L'officier de la DST fut quelque peu interloqué par cette référence occultiste et dit :

- C'est une secte qui se trouve derrière cette affaire ?

- Non, pas du tout, répondit Du Yuesheng. C'est un nom de code pour une opération secrète aux conséquences meurtrières incalculables. Mais grâce à moi et à vous, je pense que nous allons pouvoir neutraliser ce projet malfaisant, qui consiste à créer une épidémie mondiale par le moyen d'un virus fabriqué par le laboratoire qui m'emploie. Et ce dernier, par un heureux hasard, mettra en vente sur le marché pharmaceutique l'antivirus, juste au moment où la pandémie aura créé suffisamment de victimes pour avoir engendré une psychose planétaire. Le projet Azraël est une opération financière parfaitement cynique et immorale qui aurait très bien pu fonctionner. Mais je ne suis pas d'accord, évidemment, avec ce crime monstrueux, raison pour laquelle j'ai prévenu votre collègue de la DST avec lequel j'étais en contact lorsque je travaillais à l'institut Pasteur à Paris.

- Vous avez bien fait ! Concrètement, qu'attendez-vous de moi maintenant ?

- Une action rapide ! Il faut savoir que la multinationale a déjà contaminé plusieurs dizaines de personnes dans le monde, des cobayes qui seront autant de relais infectieux lorsque le virus déclenchera ses effets nocifs. Je ne sais pas quand ni comment le projet Azraël doit être lancé mais c'est imminent, à mon avis. Vous devez par conséquent rendre compte au plus vite de cette menace terrifiante et demander à la DST de mettre en place immédiatement des contre-mesures efficaces.

- Comment voulez-vous que la DST puisse identifier les cobayes contaminés ? Vous avez la liste de leurs noms avec leurs adresses ?

- Moi non, mais je sais que cette liste existe au siège parisien de la multinationale. Je ne doute pas que votre service sera capable de la récupérer. Ce que moi je peux vous donner, ce sont deux fioles : l'une contenant le virus, du modèle de celles que la multinationale s'arrange pour faire circuler un peu partout dans le monde, afin de contaminer de nouveaux cobayes ; une seconde fiole, encore plus intéressante, car elle contient l'antivirus. Vous n'aurez qu'à rapporter ces deux fioles à Paris et les faire analyser par l'institut Pasteur qui saura, sans aucun doute, fabriquer à grande échelle l'antivirus en cas de déclenchement de l'épidémie.

- Formidable ! Vous avez les fioles sur vous ?

- Ah non, cela aurait été imprudent. Mais je vais vous expliquer la façon de les récupérer rapidement. Il vous faudra ensuite, sans attendre, reprendre un avion pour Paris.

Du Yuesheng se tut quelques instants, comme pour laisser le policier français prendre la mesure des informations capitales qu'il venait de lui révéler. Puis il lui tendit un papier en lui disant :

- Voici l'adresse où vous devez vous rendre immédiatement. C'est un salon de thé, à sept cents mètres d'ici. Là, vous demanderez à parler à Zhou Xuan ; c'est elle qui vous remettra les deux fioles dans un conditionnement discret et adapté à votre voyage pour la France.

- En argot, rétorqua l'officier de la DST, on dit « se payer la fiole de quelqu'un »... J'espère que vous ne vous moquez pas de moi et de mon service et que je ne vais pas rapporter à mon patron de simples extraits de curcuma et de soja... Votre histoire me paraît tout de même assez incroyable !

- Vous pouvez me faire confiance, répondit Du Yuesheng, je suis un patriote, comme vous. Et les enjeux de cette affaire sanitaire sont considérables, nous œuvrons pour le bien de l'humanité tout entière, croyez-moi. Le virus mis au point par cette multinationale est véritablement dangereux. Ah, autre chose : ne faites pas trop de confidences à Zhou Xuan, la jeune et jolie femme qui va vous remettre les fioles.

- Je travaille depuis trente ans à la DST, je sais tenir ma langue...

- Je n'en doute pas mais vous devez savoir que Zhou Xuan est l'une de vos collègues ; sauf qu'elle travaille pour les services de renseignements chinois.
- Vous m'avez organisé un rendez-vous à Shanghai avec un agent chinois ! ? !
- Ne vous inquiétez pas, la situation est sous contrôle. Il existe des accords secrets mais officiels entre la France et la Chine sur les questions de lutte contre la prolifération bactériologique. Et Paris préférait envoyer sur le terrain un gars de la DST, qui normalement n'intervient pas à l'international, plutôt que de griller la couverture d'un agent de la DGSE - si tant est que ce service fasse du renseignement en Chine, ce qui reste à démontrer -. Bref, vous allez tranquillement voir Zhou Xuan, vous récupérez le virus et l'antivirus et vous rentrez au bercail ; ce sera ensuite aux chercheurs de l'Institut Pasteur de neutraliser cette bombe à retardement virale. D'accord ?
- C'est d'accord, répondit le policier. Somme toute, vous me proposez de vous aider à sauver le monde, c'est excellent pour mon ego et je vais pouvoir me prendre pour un superhéros à l'américaine.

Les deux hommes se serrèrent la main et se séparèrent en se souriant. L'officier de la DST avait connu dans sa carrière des discussions professionnelles beaucoup plus tendues alors même que l'objectif de l'affaire en cours paraissait particulièrement important pour la paix mondiale.

Tandis qu'il redescendait des hauteurs du World Financial Center grâce à un ascenseur qui se déplaçait à une vitesse de 10 mètres par seconde, le policier se mit à penser à son prochain entretien avec son homologue chinoise ; et l'idée de faire connaissance avec Zhou Xuan était loin de lui déplaire. Même s'il ne s'agissait que de récupérer rapidement des fioles avec un contenu fort antipathique.

XII

Les deux gendarmes de la brigade de Fontainebleau garèrent leur véhicule de service devant la maison de la victime, où les attendait la voisine qui les avait alertés. La personne décédée, paisible mère de famille, s'était suicidée en ingurgitant des médicaments ; sur la table de sa cuisine, était posé un courrier d'un laboratoire médical, dont les résultats révélaient la découverte d'une sclérose en plaques.

L'affaire était tristement banale mais évidente. Les gendarmes firent les constatations d'usage et mirent précieusement sous scellés le courrier qui avait déclenché cette réaction mortifère.

La justice manquait cruellement de moyens et personne ne songea ensuite à vérifier l'authenticité de cette lettre annonçant une terrifiante nouvelle médicale. Un clou chasse l'autre et d'autres affaires impérieuses et urgentes firent vite oublier ce malheureux suicide.

Qui en réalité n'en était pas un. La femme était morte suite à l'inoculation d'un virus ; mais comment imaginer que la victime avait en fait servi de cobaye ?

XIII

L'ambiance du salon de thé était charmante et Zhou Xuan ravissante. L'officier de la DST aurait pu se croire en train de vivre une romance à l'autre bout du monde ; mais il ne perdait pas de vue que tous les deux étaient des professionnels du renseignement et l'aspect badin de leur conversation recouvrait une réalité menaçante qui ne laissait guère de place au sentimentalisme.
- Vous êtes beaucoup moins beau qu'Alain Delon, lui dit Zhou Xuan avec un grand sourire.

L'acteur de cinéma était très populaire en Asie, notamment au Japon. Le policier encaissa sans broncher la rosserie de sa collègue chinoise qui relevait soit d'un frémissement de tentative de manipulation, soit de l'expression d'une réelle déception ; puis il rétorqua :
- Vous, par contre, vous êtes une très jolie femme. Et vous savez ce que font tous les Français en de telles circonstances : ils vous invitent à dîner. Dès que vous m'aurez remis les jolis cadeaux souvenirs que je dois rapporter en France, notre mission commune sera accomplie et nous pourrons dès lors nous accorder un bref moment de répit. À condition que vous soyez libre ce soir, que le code déontologique de votre employeur vous autorise cette escapade et que vous ayez envie

d'aller au restaurant avec un type beaucoup moins beau qu'Alain Delon.

Zhou Xuan fit la moue, ce qui lui donna le temps de réfléchir à la réponse qu'elle pouvait faire à cette proposition. Puis elle reprit la parole :
- Votre avion décolle demain matin à dix heures, vous avez effectivement du temps à tuer et je ne puis vous abandonner pour passer une soirée solitaire à Shanghai, vous seriez capable d'en profiter pour espionner mon pays. Et puis, votre ramage me paraît supérieur à votre plumage, si vous me permettez cette allusion à l'un de vos grands poètes. Par conséquent, j'accepte votre invitation. Mais avant toute chose, merci de récupérer discrètement ce boîtier qui contient les fioles qui nous intéressent, vous et moi.

Zhou Xuan sortit une petite boîte rectangulaire de son sac à main, qu'elle déposa sur la table ; le policier la saisit prestement et la rangea dans une poche de sa veste, avant de répondre à son interlocutrice :
- Je n'avais pas prévu de vous rencontrer lors de mon périple accéléré et je n'ai donc pas de citation de poète chinois à vous offrir en retour.
- C'est regrettable, dit la jeune femme. La poésie a toujours été un mode d'expression apprécié en Chine. Ce sera pour une autre fois, peut-être ? Maintenant que

vous connaissez le chemin de l'Asie, vous aurez sans doute l'occasion de revenir nous visiter.

- Je n'en ai aucune idée, rétorqua prudemment l'officier français. Pour l'instant, ce qui est à l'ordre du jour, c'est notre dîner commun. Une parenthèse récréative dont vous ne profiterez pas, j'en suis certain, pour établir mon profil psychologique dans un éventuel but professionnel.

- Je connais déjà votre profil psychologique, dit Zhou Xuan en souriant. Et je sais que justement, vous n'avez pas un profil intéressant du point de vue de mon service. Alors nous pouvons nous détendre et passer effectivement une soirée agréable. Je suppose que vous avez envie d'aller dîner avec moi dans un restaurant chinois ?

XIV

Les temps étaient durs pour cet éleveur de porcs en Bretagne, lourdement endetté. C'était la raison pour laquelle il avait accepté, contre rétribution, la proposition de ces mystérieux scientifiques qui étaient venus un jour le voir pour lui demander de faire quelques tests sur certains des porcs de son élevage. Il s'agissait selon eux de vérifier le développement possible d'un virus transmissible d'homme à homme, à travers l'inoculation à un cochon.

Le contrat prévoyait une clause de confidentialité absolue, que l'éleveur avait acceptée sans rechigner. Très certainement à tort, car les tests une fois terminés, il fut frappé mortellement à la tête par l'un de ces étranges scientifiques ; puis son cadavre fut jeté aux porcs, qui le dévorèrent.

XV

L'Officier de la DST ouvrit les yeux, réveillé par la sonnerie de son téléphone portable à l'heure pile qu'il avait programmée la veille, juste avant de commencer à faire l'amour avec Zhou Xuan. La nuit avait été courte mais tout à fait agréable et très positive au regard de la coopération internationale entre la France et la Chine, du point de vue du renseignement opérationnel. La jeune femme s'éveilla également et elle semblait elle aussi ravie de la façon dont s'était prolongé leur contact professionnel. Ils commandèrent deux petits-déjeuners à la réception de l'hôtel qui furent livrés quelques minutes plus tard dans leur chambre. Tandis qu'ils buvaient leur café matutinal, Zhou Xuan proposa au policier français de l'accompagner jusqu'à l'aéroport de Shanghai, « non pas, précisa-t-elle, pour te surveiller jusqu'à ton départ du territoire chinois, mais pour t'exempter des contrôles douaniers et policiers tatillons avant l'embarquement dans ton avion. Je t'imagine mal en train d'expliquer à mes collègues l'usage que tu comptes faire des fioles à virus si d'aventure ils s'apercevaient qu'elles font partie de tes bagages pour la France. »

Il la remercia vivement pour sa délicate attention puis prépara rapidement sa valise avant d'accompagner

Zhou Xuan jusqu'au parking du sous-sol de son hôtel, où la jeune femme avait garé sa moto. Ce fut ainsi que le policier français termina sa première mission à Shanghai, en s'agrippant aux hanches élastiques de sa collègue chinoise conduisant vite mais bien un puissant 1 200 cm3 qui, faut-il le préciser, n'était pas de fabrication japonaise ou allemande.

XVI

Cet analyste brillant de l'Autorité des marchés financiers ne put jamais terminer l'enquête qu'il avait entamée pour la mise sur le marché d'une société pharmaceutique franco-asiatique sur laquelle il avait quelques doutes. Doutes sur le montage juridique et financier mais surtout sur les objectifs affichés en diagnostic virologique : il subodorait un décalage curieux entre l'ambition sanitaire annoncée et les énormes investissements prévus, qui supposait une rentabilité anormalement élevée, avec des besoins commerciaux estimés sans commune mesure avec la réalité actuelle du marché.

Il ne put terminer son enquête car il avait été retrouvé mort dans son appartement parisien, victime d'un coma éthylique. L'autopsie révéla des pressions sur les côtes et des traces suspectes dans le pharynx, qui pouvaient laisser envisager que la victime eût été forcée à boire exagérément de l'alcool. Mais l'enquête de police ne révéla aucune anomalie dans le cercle relationnel de l'analyste financier et le dossier fut classé avec la mention « Vaines Recherches ».

XVII

Être le neveu du propriétaire de 30 % des parts d'une société pharmaceutique mondiale avait quelques avantages, le premier étant d'avoir un emploi bien rémunéré dans la multinationale.
Pour autant, ses attaches familiales et ses compétences médicales ne lui donnaient pas accès à tous les niveaux d'information sur la recherche et développement de l'entreprise.
Un jour, le jeune médecin surprit une conversation entre des chercheurs de l'étage 44. Son badge personnel ne lui permettait pas d'aller à ce niveau-là et il ne connaissait que de vue ces personnes, qui évoquaient en termes abscons des recherches virologiques très particulières à leur table, lors du déjeuner à la cantine.
Les compétences scientifiques du neveu étaient suffisamment pointues pour subodorer la mise au point d'un produit spécialement innovant ; aussi, de retour à son bureau, se mit-il à effectuer des recherches poussées dans les bases de données informatiques de l'entreprise, pour tenter de glaner quelques informations dont il pourrait ensuite discuter avec son oncle.
Cependant, l'oncle en question ne fut jamais informé des recherches secrètes en cours à l'étage 44. En effet, son neveu fut retrouvé suicidé au moyen d'un produit

anesthésiste très puissant. L'enquête du service de sécurité de la multinationale, corroboré par les services de police, conclut à l'éventualité de problèmes sentimentaux.

XVIII

La longue journée de travail était enfin terminée ; André Ormus proposa à Sophie Bouzenac de l'accompagner à un vernissage ; sa collègue lui répondit de façon biaisée :

- Tu te sens seul ce soir ? Tu n'as pas de réunion de ta Loge maçonnique ? Tu veux essayer de séduire une jolie et dynamique Lieutenant de ton service ? Tu sais quelle est la règle normalement : *no zob in job !*

- Sophie, je te promets, répondit le capitaine madré, que je souhaite uniquement t'éveiller à l'art pictural. Il n'est pas bon dans notre métier du renseignement de se consacrer exclusivement à nos dossiers de travail quotidiens, il faut savoir garder l'esprit ouvert et se remettre en cause, encore et toujours.

- Quel prétentieux ! s'exclama en riant Sophie Bouzenac. Tu crois que j'ai besoin de toi pour *m'éveiller à l'art pictural* ? Cela dit, je te trouve plutôt sympa, beau gosse malgré ton âge et ton incapacité chronique à obtenir le grade de commandant de police, alors d'accord, je t'accompagne. Mais ne te dis pas trop vite que c'est gagné, je te suis car j'aime vraiment la peinture. Que me proposes-tu comme exposition ?

- C'est à la *Bam galerie,* rue Raymond-IV : j'ai lu dans *La Dépêche du Midi* (3) que le peintre chinois Ou Yang Jiao Jia fêtait ses 50 ans de carrière, passée pour moitié dans son pays et pour l'autre dans la ville Rose. Il aime beaucoup la France et il affirme que pour les peintres chinois », notre pays « est la capitale mondiale de l'art. Nous adorons Monet, Van Gogh et Gauguin ». Le style de Ou Yang Jiao est à la fois lyrique, gestuel et coloré et mélange la peinture chinoise et l'art occidental. Ancien élève de l'école des Beaux-arts de Shanghai, il est arrivé à Toulouse en 1988 où il a travaillé dans un restaurant dénommé… « le Shanghai », tout en prenant des cours aux Beaux-arts de Toulouse. Mais il dit lui-même, d'après cet article de presse, qu'il s'est surtout formé à l'art abstrait occidental en allant visiter des musées…
- Va pour ton peintre chinois ! dit Sophie Bouzenac pour conclure cet étalage encyclopédique.

Les deux policiers de la DST se dirigèrent à pied vers la galerie de peintures, qui n'était pas très éloignée du centre-ville de Toulouse. Le temps automnal était toujours aussi clément et la promenade vraiment

(3) : A. H., *Ou Yang Jiao, une vie d'artiste de Shanghai à Toulouse,* La Dépêche du Midi, 27 décembre 2013.

plaisante et décontractante, ce qui faisait du bien car dans leur métier il y avait fréquemment des brutales poussées d'adrénaline particulièrement stressantes et difficiles à évacuer en raison d'un contexte professionnel marqué du sceau du secret-défense.
Le vernissage organisé en l'honneur de Ou Yang Jiao était un succès et la galerie se montra trop exiguë pour contenir toutes les personnes venues ce soir-là ; par conséquent, le trottoir devant la devanture était occupé par des gens qui discutaient, une coupe de champagne à la main. André Ormus et Sophie Bouzenac firent de même, remettant à plus tard dans la soirée la découverte des toiles accrochées aux cimaises de la galerie.
- Tu crois que des membres des SR (4) chinois sont présents dans la foule ? demanda Sophie Bouzenac, un brin paranoïaque.
- Peut-être que oui, peut-être que non, répondit son collègue. Quelle importance ?
- Et s'ils nous repèrent ? insista la jeune femme.
- Écoute, nous ne sommes pas des espions ! Mais des contre-espions. Le fait de travailler à la DST ne te cantonne pas à des loisirs axés exclusivement sur les bandas aveyronnaises !

(4) : SR, Service de Renseignements.

Le peintre Ou Yang Jiao sortit de la galerie pour venir discuter avec les amateurs d'art qui patientaient sur le trottoir. L'artiste fut abordé par une journaliste de *La Dépêche du Midi,* qui l'interrogea sur sa vie en Chine au moment de la Révolution Culturelle voulue par Mao Tsé-toung. Ou Yang Jiao lui expliqua que les peintres se consacraient alors à la rédaction de dazibao - des sortes d'affiches à teneur politique placardées pour être lues par les passants des rues -, « ce qui en un sens, nous permettait de pratiquer la calligraphie. On peignait des portraits du grand timonier qu'on accrochait dans la rue. Une façon de s'exercer à la peinture à l'huile ! En tant qu'artistes, l'armée et les usines nous passaient commande d'œuvres de propagande. Les entreprises donnaient beaucoup d'argent pour ça, Ainsi, on pouvait acheter du matériel. Pauvre ou non, chaque étudiant pouvait ainsi progresser ». Ou Yang Jiao ajouta qu'à cette époque, « il fallait s'engager en politique, sinon, les artistes n'avaient pas le droit d'exposer. Les peintres d'état étaient salariés. » En raison de sa formation, Ou Yang Jiao travaillait également pour l'édition et touchait des droits d'auteur. C'est ainsi qu'il a pu obtenir son propre logement. « Par rapport aux autres Chinois, je vivais bien... Mais je n'avais jamais fait que des œuvres de propagande ».

Comme d'autres, André Ormus et Sophie Bouzenac n'avaient pas perdu une miette des propos positivés et teintés d'humour de Ou Yang Jiao sur sa vie artistique en Chine au temps de Mao. Puis ils pénétrèrent à l'intérieur de la galerie et purent aller contempler les toiles exposées, avec ce style spécifique du peintre alliant avec fluidité et élégance les influences orientales et occidentales (5).
Alors qu'ils sortaient de la galerie de peintures et qu'André Ormus avait réussi à faire accepter à Sophie Bouzenac son invitation à venir prendre un verre chez lui pour prolonger cette soirée sympathique, un SMS signala son arrivée impromptue par un tintement du téléphone portable du capitaine : c'était son collègue de la Police Judiciaire toulousaine qui l'avisait avoir reçu l'autorisation du Juge d'instruction pour aller effectuer le lendemain matin une perquisition au domicile toulousain de Patrice Lemard, l'expert financier qui s'était transformé en tueur. Dans un souci de franche camaraderie et afin de respecter les ordres de leurs hiérarchies respectives, les policiers de la PJ proposaient à ceux de la DST de participer à cette perquisition - ce qui signifiait de se retrouver très tôt, à six heures, à l'adresse du meurtrier, dont on n'avait par ailleurs aucune nouvelle -.

(5) : cf. le site web de l'artiste, www.ouyangjiaojia.com.

André Ormus accepta bien volontiers cette invitation en répondant par un laconique SMS de deux lettres : « OK ». Ce qui signifiait accessoirement que même dans l'hypothèse, fort probable, où les deux collègues de la DST allaient partager leur première nuit d'amour, celle-ci ne se prolongerait pas par une grasse matinée. Le devoir avant tout.

XIX

Des images de vanités trottaient dans la tête du conducteur de la voiture ; ces crânes associés à des objets communs évoquaient bien la mort et la fuite du temps, la vacuité des passions et des activités de l'être humain. À soixante ans, il avait réussi sa vie, il possédait le tiers d'une société pharmaceutique mondiale et voilà qu'il revenait de Normandie, après avoir assisté à l'enterrement de son neveu. Sa sœur était naturellement effondrée par le décès de son fils, un jeune médecin brillant promis à un bel avenir, en partie grâce à son oncle. Et ce suicide imprévisible avait tout brisé.

La mort n'avait pas fini de frapper cette famille. Dans des circonstances floues, le conducteur perdit soudain le contrôle de son véhicule, qui heurta violemment l'un des platanes bordant la route nationale. Le chauffeur fut tué sur le coup.

L'enquête de gendarmerie conclut à un problème brusque avec les freins. Ceux-ci avaient été sabotés, mais d'une manière tellement professionnelle que rien ne pouvait prouver qu'il s'agissait en réalité d'un assassinat.

XX

Ce fut en déboutonnant le corsage pas si sage de Sophie Bouzenac qu'André Ormus comprit qu'il était tombé amoureux de sa collègue. Lui qui cultivait son image de vieux flic grognon et peu sentimental, il dut admettre qu'il éprouvait pour elle de véritables sentiments ; et la jeune femme avait dû le ressentir sinon elle n'aurait pas accepté de passer la nuit dans l'appartement du capitaine qui, comme il le disait lui-même, sans forfanterie mais pour justifier son fonctionnement professionnel à l'ancienne, avait connu la DST bien avant la chute du mur de Berlin.

Leur nuit d'amour fut brève mais intense car ils n'avaient pas oublié leur rendez-vous matinal avec leurs homologues de la Police Judiciaire, afin de participer à la perquisition du domicile toulousain de Patrice Lemard. Ils eurent néanmoins le temps de se prouver mutuellement que des agents secrets durs à cuire étaient capables aussi de tendresse.

À cinq heures du matin, le réveil sonna et André Ormus prépara un café bien chaud pour Sophie et lui. Encore un peu engourdis par le sommeil, ils montèrent dans leur véhicule de service et se dirigèrent vers l'adresse où devait se dérouler la perquisition. Ils arrivèrent en même temps que leurs collègues de la Police Judiciaire, parmi lesquels se trouvait un serrurier capable d'ouvrir tous les verrous possibles et imaginables. À six heures pile, ils opérèrent de la façon la plus classique qui fût, à savoir tambouriner sur la porte d'entrée en criant : « Police ! Ouvrez ! ». Ils savaient pertinemment que Patrice Lemard était absent et que son appartement était absolument vide de présence humaine ; mais il fallait respecter la forme judiciaire prévue par le Code Pénal. Puis, en l'absence de réponse, le serrurier se mit à l'œuvre et en quelques instants, put ouvrir la porte ; les policiers investirent l'appartement et entamèrent une perquisition minutieuse, pièce par pièce. Deux heures plus tard, alors que le jour s'était levé, ils durent se rendre à l'évidence : non seulement l'oiseau s'était envolé de son lit mais il n'avait laissé aucune trace, matérielle ou virtuelle, de sa présence. Les rares effets personnels qui subsistaient dans le logement étaient parfaitement anonymes et anodins et sans aucun intérêt pour l'enquête judiciaire. Ce qui signifiait tout simplement que Patrice Lemard était un grand professionnel. Ceci ne le rendait pas pour autant sympathique aux yeux des policiers, bien au contraire ; mais l'enquête pour retrouver ce criminel allait se révéler, une fois encore, longue et difficile.

Sophie Bouzenac et André Ormus avaient assisté à l'intégralité de la perquisition et furent aussi déçus que leurs homologues de la PJ par le manque d'indices. Et ils commençaient à comprendre que leur objectif était bien plus complexe que ne le laissaient paraître les premières investigations qu'ils avaient menées : l'expert financier auquel la DST avait commencé à s'intéresser avait plusieurs casquettes. Et savait manier les armes à feu.

XXI

Pour la première fois en ses 100 ans d'existence, le 36 Quai des Orfèvres ouvrait ses portes au public. Olivier Stirmol avait saisi l'occasion pour inviter son amie à venir découvrir l'endroit où il travaillait et à cause duquel il était si souvent rentré à la maison tard le soir. Il avait donné rendez-vous à Nathalie à l'extérieur, devant l'entrée célèbre du bâtiment immortalisé par la littérature et le cinéma et qui ne serait bientôt qu'un souvenir puisque la Police Judiciaire devait quitter ses locaux historiques pour un bâtiment plus adapté, dans le quartier des Batignolles ; cet immeuble, dont la construction devait être terminée en 2017, jouxtait la future cité judiciaire abritant notamment le Tribunal de grande instance de Paris. Cette nouvelle construction, qui prévoyait 5 000 m2 supplémentaires par rapport aux anciens locaux du 36, quai des Orfèvres, allait avoir une hauteur de six étages et offrirait au moins deux niveaux en sous-sols pour accueillir entre 200 et 300 places de parkings pour les voitures sérigraphiées ou banalisées. La façade du rez-de-chaussée de cet édifice ultramoderne et extrêmement sécurisé serait bétonnée pour résister à une attaque kamikaze et le vitrage allait être à l'épreuve des balles. Un maillage de caméras de vidéosurveillance et des hommes en faction

étaient prévus pour protéger les abords du futur siège de la Police Judiciaire.
Nathalie était visiblement ravie de rejoindre le flic dont elle était amoureuse mais ils étaient loin d'être les seuls à vouloir effectuer la visite des locaux du 36 Quai des Orfèvres et ils durent patienter 4 heures avant de pouvoir entamer cette journée portes ouvertes. Heureusement, pour les faire patienter, ils pouvaient écouter un orchestre jouer le générique de *Maigret,* une série télévisée franco-belgo-helvético-tchèque en 54 épisodes réalisée d'après l'œuvre de Georges Simenon. Encore plus intéressant, Nathalie et Olivier virent arriver le Ministre de l'Intérieur Manuel Valls, accompagné de Christian Flaesch, le directeur de la PJ qui, eux, évidemment, furent dispensés de faire la queue !
La découverte du siège de la Police Judiciaire par Nathalie et Olivier dura trois heures et débuta par l'escalier mythique de 148 marches, emprunté par les plus grands flics comme par les plus grands criminels (Guy Georges, Thierry Paulin, Marcel Petiot...). Cet escalier était assez laid, en lino usé, bordé de murs à la peinture défraîchie et pourtant il avait une âme, une authenticité. Le plus amusant était que cet escalier constituait le départ de la visite mais qu'arrivé à un certain niveau, bien avant la 148e marche, il était

obligatoire de redescendre car les bureaux auxquels donnait accès ce fameux escalier étaient, naturellement, interdits au public !
Olivier entraîna ensuite Nathalie vers un technicien de la police scientifique particulièrement patient qui faisait découvrir son logiciel en proposant aux personnes de tenter de dresser le portrait-robot du « suspect » de leur choix. Après une heure d'attente en raison de l'affluence, Nathalie put enfin participer à l'élaboration d'un portrait-robot et elle avait choisi comme suspect son propre compagnon, version moderne et ludique de l'arroseur arrosé lorsqu'Olivier le policier vit son visage sortir de l'imprimante du technicien de la Police Judiciaire.
La balade instructive dans les locaux du 36 n'aurait pas été complète sans un relevé d'empreintes digitales, pour lequel Nathalie et Olivier ne patientèrent qu'une demi-heure seulement. Afin de détendre l'atmosphère, le technicien précisa que les empreintes utilisées pour les passeports et les cartes d'identité, n'étaient pas transmises à la police. Il ajouta qu'un relevé d'empreintes devait concerner tous les doigts des deux mains, car chacun d'entre eux possédait des particularités.
La journée portes ouvertes de la PJ présentait également dans la cour du 36 plusieurs vitrines, avec des photos et

quelques objets (par exemple, l'œilleton utilisé par Marcel Petiot pour voir mourir ses victimes), ainsi que la reconstitution d'une scène de crime. Enfin, il était possible de rencontrer l'écrivain Claude Cancès, ancien Chef de Section à la Brigade Criminelle du 36 quai des Orfèvres puis Directeur régional de la Police Judiciaire de Paris, et dont les livres décrivaient tellement bien « la Crim', la topographie de ses locaux aussi bien que son atmosphère si particulière : un mélange de vice et de vertu, de peur et d'enthousiasme, de sueur, de stress, et de talent. »

Alors qu'il raccompagnait vers la sortie Nathalie, enchantée de sa visite au cœur de la Police Judiciaire, Olivier entendit la sonnerie de son téléphone portable : c'était son patron de la Brigade Criminelle qui demandait à le voir en urgence car il y avait du nouveau.

XXII

Sophie Bouzenac et André Ormus sortirent du bureau de leur patron avec un ordre de mission pour Paris. Ils étaient allés voir le commissaire divisionnaire pour lui rendre compte de l'absence de résultats lors de la perquisition effectuée en commun avec la Police Judiciaire au domicile de Patrice Lemard et leur Directeur leur avait communiqué des éléments que le service avait pu obtenir auprès de la DPSD (6), à savoir le passé de militaire de leur objectif, ce qui pouvait expliquer un peu mieux le sang-froid du meurtre et la facilité avec laquelle l'assassin s'était volatilisé après son forfait dans la Ville Rose. En outre, le chef de la DST toulousaine avait également eu un retour de la Centrale parisienne, qui faisait apparaître peu à peu l'envergure et la complexité de l'affaire. C'était la raison pour laquelle il demandait à ses deux fonctionnaires de prendre sous le coude leur fond de dossier et d'aller renforcer l'équipe parisienne qui enquêtait sur cette histoire internationale de virus.

(6) : DPSD : Direction de la Protection et de la Sécurité de la Défense. La DPSD est « le service de renseignement dont dispose le ministre de la défense pour assumer ses responsabilités en matière de sécurité du personnel, des informations, du matériel et des installations sensibles » (www.defense.gouv.fr/dpsd/la-dpsd/).

Le crime de Toulouse n'était qu'un minuscule aspect des choses et malgré sa bonne volonté, il était fort probable que le SRPJ n'allait pas trouver beaucoup d'éléments nouveaux. Il était par conséquent plus intéressant de mettre le paquet sur les investigations parisiennes et le renfort que représentaient Sophie Bouzenac et André Ormus allait être apprécié.
- Votre train démarre dans 3 heures, conclut le commissaire divisionnaire. Vous pouvez aller prendre vos billets au service de gestion, qui s'est déjà occupé de réserver vos places. En seconde classe car en ces temps de rigueur budgétaire, vous comprendrez qu'il n'y a pas de petites économies. Mais soyez contents, ce soir, vous pourrez dîner ensemble dans un petit restaurant sympathique au cœur de Paris !

Il ne fallait voir aucune malice dans cette dernière réflexion du commissaire divisionnaire, juste peut-être une pointe de paternalisme car le patron toulousain de la DST avait bien compris l'évolution des relations personnelles entre la lieutenant de police et le capitaine et s'il n'avait pas grand-chose à faire de la vie privée de ses fonctionnaires - dans la mesure où elle ne mettait pas en danger la sécurité du service -, il était ravi de donner un petit coup de pouce - à sa manière - en faveur de cette histoire d'amour naissante entre deux bons éléments dépendant de son autorité. Et il était persuadé que le dynamisme de la jeune femme et l'expérience de l'officier plus ancien allaient réellement aider l'équipe parisienne qui commençait tout juste à démêler les fils de ce bastringue viral.

Passionné par son métier, le commissaire divisionnaire avait horreur de tomber malade et le vaccin antigrippal qui était généreusement offert chaque année par l'Administration à tous ses fonctionnaires le plongeait à chaque fois dans des abîmes de réflexion quant à la fragilité de l'être humain face à un minuscule microbe. Alors imaginer qu'une organisation internationale malfaisante était sans doute en train d'attaquer la France à coups de virus artificiels rendait le patron de la DST particulièrement motivé pour mener ce nouveau combat. Et il comptait bien que Sophie Bouzenac et André Ormus fussent à la pointe de cette contre-offensive.

XXIII

Cet homme politique était très connu du grand public et apprécié des médias pour ses interventions pertinentes dans l'hémicycle de l'assemblée nationale. Il s'était fait une réputation d'homme intègre, défenseur acharné des intérêts éthiques de la population française dans le domaine de la santé publique. Il n'hésitait jamais à interpeller le ministère concerné sur la production médicamenteuse et la politique tarifaire des grands groupes pharmaceutiques.
Tous les groupes, sauf un, qu'il n'attaquait jamais. La société qu'il ménageait soigneusement finançait d'une façon fort généreuse les activités publiques et privées de l'homme politique, via un système international complexe mais assez commun de sociétés écrans.
Outre ce combat déontologique, il avait une autre passion, l'escalade en montagne. Ce que n'ignoraient pas les dirigeants du groupe pharmaceutique qui le rétribuait discrètement. Et à ce stade de l'opération, ces derniers n'avaient plus besoin de lui : il était temps d'effacer toutes les traces pouvant permettre d'établir cette compromission.
Un simple coup de couteau suffit à trancher la corde de l'amateur de varappe alors qu'il s'adonnait à son activité sportive favorite. Naturellement, la chute fut mortelle.

Le CRS de haute montagne qui effectua les constatations sur le cadavre nota dans son rapport de police cette anecdote : la victime faisait l'objet d'un dérèglement lacrymal qui se manifesta par des larmes de sang sur son visage. En revanche, la corde, habilement coupée par un tueur professionnel, ne permit aucun doute sur le caractère présumé accidentel du décès.

XXIV

Olivier Stirmol déboula dans le bureau de son patron de la Brigade Criminelle, après avoir remonté l'escalier emblématique de la Police Judiciaire qu'il avait déjà emprunté un moment plus tôt, à un rythme plus calme, à l'occasion de sa visite avec son amie Nathalie. Mais là, il fallait aller vite, il n'était pas possible de faire attendre son taulier quand il vous convoquait en vous annonçant un rebondissement dans une affaire en cours.
- Je suis là, patron, trouva à dire Olivier en stoppant sa course à un mètre du bureau directorial.
- Oui, je vois, répondit le commissaire. Et merci d'être venu aussi vite. J'avais peur que vous fussiez en train de folâtrer dans les méandres de la journée « portes ouvertes » consacrée à notre auguste maison. Et le Quai des Orfèvres, c'est avant tout un boulot judiciaire chaque jour recommencé ; or, justement, j'ai besoin de vous pour une vérification urgente.
- Pas de problème, chef, dit Olivier Stirmol qui avait le sens de la discipline et de la hiérarchie.

Le commissaire poursuivit :
- J'ai étudié à nouveau le dossier de l'assassinat par javelot d'un vendeur d'orchidées à Roissy et surtout j'ai reçu le résultat des analyses du contenu de la fiole.

Enfin, quand je dis que j'ai reçu le résultat... Nous avons dû mettre les pieds sur quelque chose d'ultrasecret et dangereux car la fiole a été transportée en urgence mais avec moult précautions au laboratoire Gerland à Lyon, une infrastructure très pointue en matière de biosciences, qui relève carrément de la Direction générale de l'Armement. Vous comprenez ce que cela signifie ?
- Tout à fait, affirma Olivier Stirmol.
- Eh bien, moi pas trop, reprit le commissaire. Je ne vois pas pourquoi un vendeur d'orchidées rapporterait de Chine des fioles bourrées de maladies infectieuses. Vos collègues ont fait des recherches sur la victime et pour l'heure, ils n'ont rien trouvé de suspect. Peut-être que le gars assassiné n'avait pas conscience ou même n'était pas informé de ce qu'il transportait... Mais pourquoi le tuer à l'aéroport, qui plus est avec un javelot, ce qui n'est guère discret ? Était-ce un avertissement et si oui, à qui ? Et pourquoi avoir laissé la fiole dans les bagages du cadavre ? Bref, on nage complètement. Alors je voudrais que, toutes affaires cessantes, vous me fassiez le point sur toutes les entreprises qui, en région parisienne puis en France, seraient susceptibles d'être concernées, de près ou de loin, par l'importation de ce genre de fioles. Je sais que cela revient à chercher une aiguille dans une botte de foin mais nos illustres prédécesseurs

à la Police Judiciaire procédaient de la même façon ; et bien souvent, ils ont réussi à trouver la solution. C'est-à-dire le coupable. Je sais que vous êtes rapide et efficace, aussi je vous demande de vous consacrer à ce volet de l'enquête : recensement des sociétés et, bien entendu, mettre en exergue celles qui éveillent vos soupçons. Vous avez vingt-quatre heures.

L'entretien avec le patron de la Brigade Criminelle était terminé. Olivier Stirmol n'avait plus qu'à se mettre au boulot. Et, bien entendu, à identifier vite fait bien fait l'entreprise ou la personne qui était destinataire de la fiole de Shanghai.

XXV

Pour établir son siège à Paris, la multinationale avait fait l'acquisition d'un immeuble entier. Tout d'abord, l'immobilier restait un bon placement, qui plus est discret du point de vue de certains bénéfices monétaires à ne plus faire apparaître sur des comptes bancaires ; la mafia appelait ce genre de stratégie financière « le blanchiment d'argent », une entreprise internationale qui gagnait beaucoup d'argent dans le domaine de la biologie, la chimie et toutes ces sortes de choses utilisait le terme plus respectable d'investissements judicieux. Ensuite, un espace suffisamment grand permettait d'héberger confortablement laboratoires, matériaux et personnels nécessaires mais variables au gré des centres d'intérêt « scientifique » dont la clef absolue était la rentabilité importante et à court terme.
Le président du siège parisien de la société appuya sur un bouton, un interphone qui lui permit de contacter sa secrétaire et lui demander de laisser entrer le visiteur qu'il attendait avec impatience.
Ce visiteur était le patron d'une société militaire privée luxembourgeoise à qui il avait confié une double tâche : premièrement, récupérer les fioles qui étaient en train d'arriver de Shanghai dans divers endroits du monde, des grandes villes emblématiques comme Paris, Tokyo,

New York, Londres, Berlin, Moscou, Jérusalem, où l'impact médiatique et émotionnel du projet Azraël était assuré de fonctionner à plein lors du déclenchement du plan épidémique. Deuxièmement, liquider rapidement - et selon des modes opératoires disparates afin de ne pas attirer trop vite l'attention des services de police - l'ensemble des porteurs infectés déjà contaminés dans le monde puisque la version 1.0. du virus et de son antivirus étaient déjà aux mains de la DST française ; les services de renseignements n'allaient pas tarder à réagir et avaient sans doute déjà commencé à le faire, il n'y avait donc pas de temps à perdre pour effacer les traces compromettantes de la première tentative du projet Azraël. Ce dernier gardait tout son intérêt financier si la multinationale pouvait conserver la main et par conséquent une longueur d'avance sur les investigations de la DST, à qui il faudrait tout de même un peu de temps pour découvrir la vérité. D'ores et déjà, le laboratoire P4 de Shanghai travaillait à la version 2.0. du virus et il suffisait de pouvoir lancer l'épidémie virale assez fortement et rapidement pour que la situation mondiale devînt incontrôlable par les divers services de sécurité. Azraël restait un ange crédible, il convenait d'attendre sa mise à jour, comme pour un bon logiciel.

En raison de ces enjeux toujours actuels, le rendez-vous du jour était par conséquent très important. Le président du siège parisien demanda tout d'abord des explications sur la perte regrettable de la fiole rapportée de Shanghai par l'entrepreneur d'orchidées ; ce dernier avait été sollicité par une adorable péripatéticienne qui lui avait promis une nouvelle rencontre galante lors de son prochain séjour en Chine s'il acceptait de transporter dans ses bagages cette minuscule fiole tout à fait anodine. Le pauvre pigeon voyageur vendeur d'orchidées ne pouvait pas imaginer qu'une équipe de tueurs de la société militaire privée avait trouvé amusant et original de le transpercer d'un coup de javelot lors de son arrivée à Roissy. Et les assassins n'avaient pas, quant à eux, pu se douter qu'ils allaient être dérangés dans leur opération criminelle par une patrouille de militaires français qui, dans le cadre du plan antiterroriste Vigipirate, déambulaient consciencieusement dans tous les recoins de l'aérogare ; le commando avait ainsi dû à toute vitesse se faire la malle, mais sans les bagages de leur victime - et donc sans la fiole -.
Le président du siège parisien de la multinationale voulut bien considérer que ce petit loupé de Roissy n'était pas très grave, au vu des services déjà rendus par la société militaire privée et surtout de ce qui restait à accomplir dans l'urgence pour gêner la police française

dans la progression de son enquête. De toute façon, tôt ou tard, la DST - ou un autre service de renseignement dans le monde - aurait mis la main sur l'une des fioles et aurait pu faire analyser son contenu. Il fallait simplement accélérer le processus de nettoyage des cobayes et ne plus faire d'erreurs. Ce fut le sens précis des instructions communiquées lors de ce rendez-vous, qui fut également l'occasion d'un transfert d'une nouvelle grosse somme d'argent en liquide rangée soigneusement dans un attaché caisse : ce dernier passa rapidement et élégamment des mains du président parisien de la société pharmaceutique à celles du dirigeant des barbouzes luxembourgeoises. Dans ce milieu et ce genre d'affaires, c'était un argument traditionnel, simple à comprendre et efficace, qui évitait les discussions oiseuses.

XXIV

Le commissaire divisionnaire responsable de la section d'intelligence économique au siège parisien de la DST entra dans le bureau du Directeur Central et déposa un dossier récapitulatif sur les laboratoires bactériologiques de niveau 4 dans le monde - du moins ceux que sa section, réputée pour son haut niveau d'information, avait été en mesure de recenser -. Le Directeur invita le commissaire à s'asseoir, puis commença à feuilleter le dossier. Il s'arrêta quelques instants sur une fiche relative à une société de la région parisienne qui était en train de construire un laboratoire P4, un bâtiment de recherches dédié à la manipulation de micro-organismes de classe 4, comprenant 4 zones indépendantes de laboratoires, 2 pièces de stabulation rongeurs et primates, 1 salle d'autopsie et 1 centre de ressources biologiques ; ce bâtiment de 3,600 m^2 était destiné à l'institut de virologie de Wuhan, en Chine. Puis le Directeur s'intéressa à une longue liste (non exhaustive, comme le précisait la section d'intelligence économique de son service) :

Afrique du Sud

Johannesburg

National Institute for Communicable Diseases

Allemagne

Berlin
Institut Robert Koch
Hambourg
Bernhard Nocht Institute for Tropical Medicine
Île Riems
Institut Friedrich Loeffler
Marburg, Hesse
Université de Marbourg, Institut de Virologie
Australie
Geelong, Victoria
Australian Animal Health Laboratory
Brisbane, Queensland
Queensland Health Forensic and Scientific Services
Melbourne, Victoria
Victoria Infectious Diseases Reference Laboratory (VIDRL)
Sydney, New South Wales
Centre for Infectious Diseases and Microbiology Laboratory Service (CIDMLS) et The Institute for Clinical Pathology and Medical Research (ICPMR)
Canada
Winnipeg, Manitoba
Laboratory Centre for Disease Control, National Microbiology Laboratory
États-Unis
Atlanta, Georgia

Centres pour le contrôle et la prévention des maladies (CDC)
Atlanta, Georgia
Center for Biotechnology and Drug Design, Georgia State University
Fort Detrick, Maryland
U.S. Army Medical Research Institute of Infectious Diseases (USAMRIID)
Galveston, Texas
Center for Biodefense and Emerging Infectious Diseases, University of Texas Medical Branch
Hamilton, Montana
NIAID Rocky Mountain Laboratories
San Antonio, Texas
Southwest Foundation for Biomedical Research
France
Gerland, Lyon
P4 Jean Mérieux, INSERM
Vert-le-Petit, Essonne
Laboratoire de la DGA
Gabon
Franceville
Centre International de Recherches Médicales de Franceville (CIRMF)
Italie
Rome

Lazzaro Spallanzani Hospital, National Institute of Infectious Diseases

Royaume-Uni

Londres, Angleterre

Centre for Infections, Health Protection Agency

Salisbury, Angleterre

Centre for Emergency Preparedness and Response, Health Protection Agency

Russie

Koltsovo, Novosibirsk

Centre de recherches d'état de virologie et de biotechnologie VECTEUR

Kirov, oblast de Kirov

Institute of Microbiology, Russian Ministry of Defense

Sergiyev Posad, Moscou

Virological Center of the Institute of Microbiology, Russian Ministry of Defense

Suède

Solna, Stockholm

Swedish Institute for Communicable Disease Control

Suisse

Genève

Hôpitaux universitaires de Genève

Spiez

Laboratoire de Spiez de l'Office fédéral de la protection de la population

Taïwan
Kwen-yang Laboratory (昆陽實驗室) Center of Disease Control
Preventive Medical Institute of ROC Ministry of National Defense

Etc.

En somme, le monde entier travaillait sur ces thématiques sensibles, y compris les pays qui n'avaient le droit ou les moyens d'accéder à l'arme nucléaire. La note de synthèse de la DST précisait, si besoin était, que ce domaine d'activité connaissait naturellement, comme d'autres secteurs stratégiques, un possible usage dual, civil et militaire, et qu'il constituait un vecteur d'avenir. En conclusion, le service de renseignements français insistait sur le risque majeur et crédible d'une utilisation terroriste ou malveillante de ces nouvelles technologies scientifiques, méconnues et mal encadrées du point de vue éthique par certains États et les institutions internationales. Les services français se montraient très vigilants en la matière mais l'exemple récent du projet Azraël démontrait la capacité de nuisance d'organismes divers et variés qui pouvaient, en toute impunité, commencer à développer des process extrêmement dangereux pour l'humanité tout entière.

Le Directeur de la DST remercia le commissaire divisionnaire, qui quitta le bureau. Puis il décrocha son téléphone et appela le Ministre de l'Intérieur.

XXVII

Grâce à l'informatique, internet et les progrès de la police scientifique, les méthodes de travail que pouvait utiliser Olivier Stirmol dans le cadre de ses investigations judiciaires n'avaient plus grand-chose à voir avec celles qu'utilisaient ses prédécesseurs à la Brigade Criminelle du 36 Quai des orfèvres. Certes, les « indics », c'est-à-dire les informateurs, qui allaient du tapin au patron de bar en passant par le concierge de l'immeuble, existaient encore et rendaient toujours des services pertinents pour dénouer les fils de certaines enquêtes ; mais toute nouvelle affaire débutait désormais par des recherches devant des écrans ; Olivier Stirmol et Djamila Bouhared ne dérogèrent pas au rituel de cette nouvelle méthodologie policière et consacrèrent quelques heures studieuses afin de répondre au mieux à la demande de leur patron : à savoir établir une liste d'entreprises spécialisées dans les biotechnologies parmi lesquelles se trouverait celle dirigée par les propriétaires de la fiole suspecte.
Par la grâce de la puissance des moteurs de recherche sur internet plus l'accès à des bases de données auxquelles était abonnée la Police Judiciaire, les deux policiers parvinrent assez rapidement à réaliser cet inventaire ; ce dernier, pour autant, ne permettait pas de

mettre en avant la société qui pourrait les intéresser dans le cadre de leur enquête et par conséquent de répondre à la série de questions sur le crime commis avec un javelot.
- Le patron t'a dit que la fiole avait été envoyée dans un laboratoire à Lyon pour être analysée ? demanda Djamila.
- Oui, un centre secret et pointu qui dépend de l'armée, répondit Olivier.
- Tu devrais appeler le SRPJ de Lyon, suggéra la jeune policière. Peut-être qu'ils auraient des éléments qui n'apparaissent pas sur nos écrans.
- Bonne idée !

Le capitaine de la Brigade Criminelle se procura aussitôt, via le standard du 36 Quai des Orfèvres, le numéro de téléphone de ses collègues lyonnais et obtint rapidement en ligne un de ses confrères de la Capitale des Gaules. La Direction interrégionale de la police judiciaire (DIPJ), située rue Marius Berliet, était compétente pour les régions Rhône-Alpes et Auvergne. Son interlocuteur, un capitaine qui s'apprêtait à partir à la retraite après une longue et heureuse carrière mais qui restait réactif professionnellement, avait entendu parler du laboratoire de biosciences Gerland ; cependant, aucune affaire judiciaire n'avait jamais concerné ce centre de recherches et le policier lyonnais n'y disposait pas de contacts privilégiés. Il demanda si son collègue parisien voulait qu'il entre en contact avec le directeur du laboratoire lyonnais ; Olivier Stirmol répondit :

- Non, attends, pour l'instant, je n'effectue que des recherches préliminaires et je ne voudrais pas attirer l'attention sur ce dossier très sensible. Or, s'ils reçoivent une demande de renseignements officielle de la Police Judiciaire, ils vont s'inquiéter, ça va remuer, peut-être même mettre la puce à l'oreille à des suspects potentiels qui vont s'arranger pour faire disparaître des indices ou des preuves... Enfin, bref, pour l'instant, on marche sur des œufs.

- Si tu préfères, proposa le policier de la PJ lyonnaise, je peux me rencarder auprès de l'antenne régionale de la DST et de la SIDG (7) du Rhône. Ils sont habitués à mener des enquêtes particulièrement discrètes et je suis persuadé que ces services de renseignements ont le contact avec un laboratoire aussi sensible qu'est Gerland.

(7) : SDIG : sous-direction de l'information générale, qui a remplacé les renseignements généraux (RG) et a été intégrée à la Direction centrale de la Sécurité publique de la Police Nationale. Renommé Service Central du Renseignement Territorial (SCRT) en 2014.

- D'accord, bonne idée, approuva Olivier Stirmol. Mais demande-leur d'être très prudents et de ne pas mettre le feu, nous sommes dans le cadre d'une enquête judiciaire de la Brigade Criminelle de Paris !
- Ne t'inquiète pas ! Ils connaissent leur métier... et le tien !

Olivier Stirmol mit fin à la conversation téléphonique avec son homologue de la Cité des Gones et avec l'aide de Djamila Bouhared, commença à mettre en forme le document informatique de synthèse qu'il devait communiquer à son patron dans les meilleurs délais. Le travail réalisé était très bien fait mais il manquait encore l'élément majeur : l'entreprise suspecte. Ce qui revenait à chercher une aiguille dans une meule de foin.

XXVIII

Le train était arrivé à l'heure à Paris et le voyage de Sophie Bouzenac et André Ormus s'était bien déroulé. Les deux policiers toulousains de la DST avaient suivi la suggestion culinaire de leur patron et ils terminaient leur dîner dans un petit restaurant chaleureux de la rue Mouffetard, au cœur du quartier latin. Alors que le serveur venait de déposer deux tasses de café sur leur table, ils virent surgir un homme d'une soixantaine d'années, qui s'approcha d'eux avec un grand sourire et en faisant des signes de la main. André Ormus se leva pour l'accueillir :
- Bonsoir, Ariel ! Comment vas-tu ? Ça me fait vraiment plaisir de te revoir.
- Moi aussi, André ! répondit le nouveau venu qui s'assit sur une chaise autour de leur table.
- Sophie, poursuivit André, je te présente Ariel Cohen, un collègue retraité de la DST et un vieil ami ! C'est lui qui a la gentillesse de nous héberger à Paris pendant notre séjour.
- Eh bien, bonsoir Ariel, dit Sophie Bouzenac en serrant la main à l'ancien policier.

André Ormus commanda un café pour Ariel Cohen, qui s'excusa de ne pas avoir pu partager leur repas au restaurant ; mais c'était le vendredi soir du Shabbat et il avait tenu à assister à l'office de la synagogue de son quartier, ce qui fit ricaner son collègue toulousain qui était athée :

- Si je comprends bien, tu bosses toujours pour le Mossad ? demanda André Ormus avec une pointe de malice.

- Tu sais parfaitement que je n'ai jamais travaillé pour les services israéliens, répondit Ariel Cohen. Je suis français et on peut être juif et patriote, rappelle-toi l'affaire Dreyfus.

- Je plaisantais, dit André Ormus. Bon, quoi de neuf à Paris ?

Les deux policiers se mirent à papoter, évoquant devant Sophie Bouzenac les grandes affaires et les petits souvenirs de leur longue carrière commune à la DST. Comme l'heure avançait, ils décidèrent ensuite d'aller dormir ; Ariel Cohen avait préparé la chambre d'amis pour ses deux collègues toulousains, la même chambre puisque d'après les informations en sa possession, Sophie Bouzenac et André Ormus étaient également des amants. Même retraités, les policiers de la DST comme Ariel Cohen demeuraient bien renseignés !

XXIX

Grigor n'avait plus de nom et pourtant il était un scientifique renommé et terriblement compétent, notamment dans le domaine bactériologique et virologique ; c'était lui qui avait créé le virus et l'antivirus, dans un laboratoire d'Allemagne de l'Est, du temps de la guerre froide. Pendant des années, des supplétifs allemands de l'armée rouge avaient conservé dans des chambres froides les souches élaborées par Grigor. Autoclaves presque oubliés après les bouleversements politiques en Europe à la fin du XXe siècle. Tout le monde ou presque avait oublié le virus monstrueux élaboré secrètement par Grigor, le père de l'épidémie de peste du XXIe siècle, bien pire potentiellement que celles qui avaient déjà ravagé le monde autrefois. Pire car si elle se déclenchait et que l'antivirus n'était pas diffusé massivement, l'espèce humaine serait exterminée.
Grigor, des années après avoir mis au point cette bombe virale à retardement, avait encore conscience de ce qu'il avait contribué à faire ; mais il vivait avec cette idée sans avoir véritablement de remords, tout ceci lui paraissait quelque peu irréel, au bout du compte. Parfois, il passait sa main sur son visage aujourd'hui envahi par une barbe blanche assez mal entretenue. Somme toute, il était

assez heureux, il menait une vie plutôt agréable dans une petite île d'Europe de l'Est, dans une jolie maison dont les murs étaient ornés de plusieurs toiles de maîtres, l'une de ses passions qu'il avait pu assouvir grâce à l'argent obtenu de ses commanditaires successifs. Ceux d'abord qui l'avaient payé, grassement, pour fabriquer ce virus et son antivirus, considérés alors comme une arme secrète répertoriée dans l'arsenal militaire du grand frère soviétique. D'autres, ensuite, bien plus tard, qui l'avaient sollicité pour vérifier la pérennité des micro-organismes mortels qu'il avait confectionnés. Là encore, Grigor avait reçu beaucoup d'argent, en échange de ses compétences scientifiques et surtout de son silence. La seconde fois, ses étrangers clients n'avaient plus l'air de militaires mais plutôt d'hommes d'affaires, ce qui n'était pas spécialement rassurant.

Grigor, maintenant retiré du monde et dans l'impossibilité de bénéficier de la moindre reconnaissance, ne savait plus vraiment qui il était. Ni le sens des tribulations des germes artificiels nés de ses recherches en laboratoire.

Il se contentait de vivre et de profiter de la vie qui était la sienne. Il savait que si un jour, son existence lui devenait insupportable, il pourrait se servir du revolver rangé dans l'un des tiroirs de son bureau.

XXX

Sophie Bouzenac et André Ormus durent montrer patte blanche afin de pouvoir accéder aux locaux parisiens de la DST mais ils ne s'en formalisèrent pas : le siège de leur direction était un lieu hautement sensible et avait déjà fait l'objet de plusieurs tentatives d'attentats ; par exemple le 15 mars 1980, date à laquelle des terroristes d'Action Directe avaient attaqué un immeuble abritant des locaux de la DST, 16 rue Rembrandt dans le 17e arrondissement de Paris ; ou encore en décembre 2008, quand un ancien étudiant en électronique français au profil solitaire et fanatique, qui avait basculé dans l'islamisme radical, avait été arrêté alors qu'il voulait faire exploser le siège du service secret français avec des explosifs à base de nitrate.

Les policiers toulousains, après avoir passé tous les contrôles d'accès, purent rejoindre leurs collègues parisiens et intégrer l'équipe qui avait été constituée sur ce dossier. La séance de travail débuta par la projection d'un diaporama sur l'attentat au gaz sarin dans le métro de Tōkyō, un acte de terrorisme perpétré par des membres de Aum Shinrikyō le 20 mars 1995. Lors de cinq attaques coordonnées, les auteurs de l'attentat libérèrent du gaz sarin sur les lignes Chiyoda, Marunouchi et Hibiya du métro de Tōkyō tuant douze

personnes, en blessant gravement cinquante et causant des problèmes de vision temporaires à près d'un millier d'autres. Le bilan, relativement léger vu la toxicité extrême de cette substance, serait dû à la mauvaise qualité du produit, très difficile à synthétiser. L'attaque était dirigée contre les trains passant par Kasumigaseki et Nagatachō qui abrite le gouvernement japonais. C'est le plus grave attentat au Japon depuis la fin de la Seconde Guerre mondiale. Plus d'une dizaine de membres de la secte Aum ont été condamnés à mort pour cet attentat. Le bilan final fait état de douze morts et plus de 5 500 blessés.
Si les policiers parisiens de la DST s'intéressaient à l'exemple de l'attentat terroriste de Tōkyō, c'était parce qu'il leur paraissait constituer grosso modo le meilleur exemple de l'impact et des conséquences d'une mise en œuvre du projet Azraël.
Sophie Bouzenac et André Ormus écoutaient attentivement le conférencier, tout en découvrant les locaux très modernes et l'environnement sophistiqué de leur centrale de renseignement. Comparativement, les locaux toulousains de la DST possédaient un charme suranné, attachant mais un peu en décalage par rapport à ceux de la direction parisienne. Mais, même s'il y avait beaucoup de travail de contre-espionnage et d'antiterrorisme à Toulouse, les enjeux du travail de

renseignement n'avaient évidemment pas la même ampleur que dans la capitale de la France.
La conférence était terminée ; alors un commandant, chef d'une unité de la section antiterroriste, se leva et prit la parole :
- Maintenant, venons-en aux choses sérieuses ! Réunion immédiate de l'équipe opérationnelle dans la salle 127.

Sophie Bouzenac et André Ormus comprirent immédiatement, à un geste de la main du commandant, qu'ils faisaient partie de ladite équipe opérationnelle ; ils se levèrent à leur tour et suivirent leurs collègues parisiens. André Ormus tenait à la main droite un petit cartable qui contenait un dossier de quelques pages sur Patrice Lemard : c'était la modeste contribution de la DST toulousaine à l'enquête sur le projet Azraël, qui venait visiblement de passer à la vitesse supérieure. Ce qui constituait une excellente nouvelle pour la santé du genre humain.

XXXI

La salle 127 de la DST donnait une impression futuriste car elle était bourrée de haute technologie ; mais la dizaine de policiers de la DST ne ressemblait pas à un staff d'informaticiens, plutôt à une équipe de rugby qui s'apprêtait à rentrer sur le terrain pour disputer un match rugueux. Une équipe de rugby un peu particulière cependant, car tout à fait mixte : en incluant Sophie Bouzenac, le groupe opérationnel réuni autour de cette affaire du projet Azraël respectait une parité parfaite puisqu'il comprenait la moitié d'éléments féminins. Ce qui n'était absolument pas un problème dans le métier du renseignement : dans cette grande famille, Mata Hari avait autant de valeur professionnelle que John le Carré.
Le commandant commença la séance de travail par un rapide tour de table, afin que chacun pût se présenter ; puis il fit un résumé de l'affaire et des éléments connus à ce jour par le service. Les policiers pouvaient d'ores et déjà se faire une idée de la nature et de la dimension de l'opération en cours, qui ne relevait pas stricto sensu d'une attaque terroriste du point de vue de la motivation - jusqu'à la preuve du contraire -, mais dont le mode opératoire et les résultats potentiels s'apparentaient à ce type de menaces. Les visages étaient

graves car chacun réalisait les conséquences dramatiques du projet Azraël s'il était effectivement déclenché.
Ensuite, le commandant donna la parole aux Toulousains Sophie Bouzenac et André Ormus, qui décrivirent par le menu le meurtre perpétré par le mercenaire Patrice Lemard et les premières investigations menées par la police de la Ville Rose sur ce dossier ; la brutalité assassine des faits relatés démontrait pour le moins la réalité et l'actualité des enjeux du projet Azraël. Le plus intéressant dans le récit des agents toulousains de la DST était que non seulement ils apportaient des noms, celui du mercenaire qui s'était envolé on ne savait où, mais aussi celui de la société qui l'employait. Et cette société disposait d'une adresse parisienne, qui correspondait, par chance, à celle de l'une de ses filiales qui disposait elle-même d'une succursale en Chine. À Shanghai, précisément. Exactement celle qui avait été signalée par Du Yuesheng, l'agent de la DST. C.Q.F.D. Le commandant lut à ses collègues la note de synthèse rédigée par le capitaine qui s'était rendu en Chine pour récupérer une fiole ainsi que les précieux renseignements recoupant les informations obtenues à Toulouse.

- En résumé, conclut le commandant, il faut récupérer de toute urgence cette fichue liste avec les noms des cobayes infectés. Quelqu'un a une idée ?

La vérité oblige à dire que le chef de l'unité de choc de la section antiterroriste n'obtint pas de réponse immédiate ; il est vrai que l'objectif n'était pas vraiment simple. Mais après tout, c'était le boulot de la DST de régler ce genre de problèmes compliqués.

XXXII

Cela faisait déjà plus de trois heures qu'Olivier Stirmol et Djamila Bouhared planquaient devant le siège parisien de la multinationale pharmaceutique et il ne se passait rien. Ils avaient garé leur véhicule banalisé à proximité de l'immeuble, de façon à pouvoir observer les éventuelles allées et venues ; Djamila avait posé sur ses genoux un appareil photographique discret par sa taille mais très performant, afin de tirer le portrait des personnes qui seraient entrées ou sorties du bâtiment qu'ils surveillaient, sur instructions de leur chef de service qui avait appris incidemment que la DST s'intéressait beaucoup à cette société en particulier ; mais le commissaire n'avait pas jugé utile de communiquer cette précision importante à Olivier Stirmol et Djamila Bouhared qui, par conséquent, ne savaient pas pour quelle raison ils devaient patienter dans cette rue calme du centre de Paris.

- Pourquoi le patron nous demande-t-il de faire le pied de grue devant cette entreprise ? se hasarda à questionner Djamila.

- Cherche pas à comprendre, lui répondit son collègue. Principe de base, le patron a toujours raison.

- Je sais, rétorqua la jeune policière, mais on s'ennuie ferme. J'ai vraiment l'impression qu'on pisse dans un violon en restant là !
- Attendre, ça fait partie du boulot d'un bon flic de la Police Judiciaire. Bon, je vais essayer de te distraire : tu connais la véritable histoire du logo de la PJ ?
- Le cercle avec l'image du tigre et marqué Police Nationale - Direction Centrale de la Police Judiciaire ?
- Exactement !
- Eh bien, dit Djamila, non je ne connais pas l'histoire de notre logo. Vas-y, dis-moi tout, l'ancien !

Le capitaine préféra ne pas relever le qualificatif irrespectueux dont l'avait gratifié sa jeune collègue et continua à raconter son histoire, plus exactement celle développée par Georges Moréas, commissaire principal honoraire de la Police Nationale, sur son blog (7) :
- Tous les flics aiment s'identifier dans un logo qui symbolise leur service mais le nôtre, qui a été enregistré à la charte graphique du ministère de l'Intérieur en avril 1991, est particulièrement réussi. C'est un jeune inspecteur de PJ, Michel Dupuy, qui en a eu l'idée, au milieu des années soixante ; ami d'Henri Deschamps,

(7) : d'après le blog http://moreas.blog.lemonde.fr de Georges Moréas, commissaire principal honoraire de la Police Nationale.

dont Picasso disait qu'il était le meilleur lithographe du monde, il lui avait montré ses croquis, qu'il ne trouvait pas satisfaisants ; Henri Deschamps, qui était alors maître lithographe à l'atelier Mourlot (un lieu mythique que tous les grands peintres du siècle dernier avaient fréquenté : Picasso, Braque, Chagall...) en a parlé à plusieurs artistes, Bernard Buffet, Yves Brayer, Bernard Cathelin, Roger Bezombes et d'autres, qui étudièrent plus ou moins le projet. Puis, finalement, Michel Dupuy et Henri Deschamps décidèrent de solliciter Raymond Moretti. Le premier rendez-vous avec le peintre se déroula à sa « cantine », chez Denise, à la Tour de Montlhéry, dans le quartier des Halles, où l'artiste avait sa table réservée. L'endroit était fréquenté par des écrivains, des peintres, des journalistes de renom, des policiers de haut rang, et des artistes de tout poil. Le discours embrouillé mais admiratif de ce petit policier dut émouvoir le peintre, car il accueillit favorablement sa demande. « Tout au fond de moi, a déclaré Michel Dupuy, je me demandais bien comment la DCPJ, prendrait l'initiative culottée d'un fonctionnaire subalterne, mais je fis comme si cette acceptation allait de soi... ». Moretti le mit à l'aise. Mais, s'il ne fut pas question d'argent, il le chargea de lui apporter des idées. Quels symboles forts pour représenter la police judiciaire ? Ce fut alors que le flic

reprit le dessus. Dupuy allait se livrer à une véritable enquête pour dénicher d'abord les idées, puis la représentation de ces idées. Nous étions en 1988.
Moretti ne voulait pas dessiner un emblème, mais plutôt une image allégorique. Probablement à cheval entre la réflexion et l'action. Dupuy plongea dans les bouquins. Il passa des heures dans les bibliothèques du Centre Pompidou, de Sainte Geneviève, et il força même la porte de la bibliothèque interne du ministère de l'Intérieur. Mais il restait dans le concept d'une police martiale : le bras armé, le rets tendu. Autant de sujets qui ne convenaient pas à l'artiste. C'est en parlant musique que les choses se dénouèrent. Raymond Moretti était amateur de jazz et, lorsqu'il peignait, c'est-à-dire probablement la moitié de son temps, c'était toujours dans une ambiance musicale. Ce fut ainsi que le nom du musicien Claude Bolling surgit dans la conversation et notamment ce ragtime, *La complainte des apaches,* qui accompagne la série télé *Les brigades du Tigre.* Eurêka ! « Je pense que c'est ainsi que se concrétise dans l'esprit du peintre l'image de Clemenceau, l'homme d'État, et celle du tigre, l'animal… L'idée est de Moretti et de lui seul. »
Pour dessiner le logo, l'artiste avait besoin de documents. Il ne voulait ni peinture ni dessin, mais des photos, si possible libres de droits. Il fallut donc

reprendre le jeu de piste. Mais à présent, Dupuy n'était plus seul sur le coup. Il était soutenu par une commissaire, Lilianne Leymarie, à qui il s'était confié. Celle-ci accrocha rapidement. Elle en parla au directeur central de la PJ, Gilbert Thil. Celui-ci l'écouta d'autant plus attentivement qu'il lui avait demandé, quelque temps auparavant, de réfléchir à un projet assez similaire à la suite d'un article sur l'histoire de la police judiciaire qu'elle avait publié dans la Revue de la police nationale.

Réconforté par cet accord tacite, Michel Dupuy rechaussa ses brodequins. Il lui fallut d'abord trouver une photo de Clemenceau. Ce qui ne semblait pas difficile vu le nombre de portraits en circulation. Mais, à défaut de définir exactement ce qu'il souhaitait, Moretti savait ce qu'il ne voulait pas. Il rejeta plusieurs suggestions. Sophie Litras, la « fille de cœur » de l'artiste, qui tient aujourd'hui une galerie d'art à Paris, l'aida dans ses recherches. Il farfouilla dans les revues du début du XXe siècle et les archives historiques de 1914-1918, jusqu'au moment où il découvrit l'existence d'un musée Clemenceau dans son ancienne résidence, dans le 16e arrondissement de Paris. Là, il tomba en arrêt devant un portrait réalisé par le photographe Nadar. Moretti flasha. Et Madame Lise Devinat, la petite-nièce de Georges Clemenceau, donna spontanément son accord pour l'utilisation de cette photo. Ce fut ainsi que le « Père la Victoire » devint 50 % de la figure symbolique adoptée par la Police Judiciaire.

XXXIII

L'entrée de l'immeuble surveillé par les deux fonctionnaires de la Police Judiciaire restait toujours aussi calme ; aussi Olivier Stirmol continua-t-il à raconter à Djamila Bouhared la belle histoire tout à fait authentique du logo de la PJ :

- Après l'homme, il restait à trouver l'animal. En l'occurrence, pour satisfaire le peintre, le « profil pur et rugissant » d'un tigre susceptible de faire le pendant au portrait de Nadar. Dupuy partit à la chasse au fauve. Il commença par visionner des centaines d'images, toutes plus belles les unes que les autres : des tigres dans toutes les positions, mangeant, dormant, aimant... Mais aucune ne convenait ! Il sollicita alors le vicomte de la Panouse, à Thoiry. Celui-ci émit de sérieuses réserves : il était dangereux d'aller photographier un tigre en liberté... Écoutant ce conseil avisé, il se tourna vers le zoo de Vincennes. Mais le grand mâle venait juste de mourir. En revanche, lui suggéra-t-on, la fauverie du Jardin des Plantes s'enorgueillissait de posséder un énorme tigre de Sibérie. Manque de chance, le mâle en question était en « voyage de noces » dans un zoo hollandais. Il restait la piste du cirque ! Mais là, il lui fut répondu qu'il était compliqué de faire poser un tigre et que les flashes répétés risquaient fort de l'irriter. À défaut d'un animal vivant, Michel Dupuy se résigna à se tourner vers le Muséum d'histoire naturelle, mais, malheureusement, l'endroit était en pleins travaux de rénovation ! Il obtint l'autorisation de fouiner dans les sous-sols où étaient provisoirement entreposées les collections. Il caressa le pelage de pas mal d'animaux naturalisés, mais pas un tigre ne possédait le profil qu'il recherchait.

Désappointé et à court d'idées, il se rendit au Musée de la Chasse. Et, sans trop y croire, il exposa sa requête au conservateur. Celui-ci l'écouta à peine. Il le mena à l'escalier central. Sur le mur plastronnait la tête magnifique d'un tigre rugissant : c'était le bon !

Raymond Moretti possédait désormais ses deux profils complémentaires, l'homme et l'animal, comme il le souhaitait. Il lui restait à les harmoniser.

Pendant ce temps, Lilianne Leymarie et Mireille Ballestrazzi, qui dirigeait alors l'office central de répression des vols d'objets d'art, faisaient le forcing auprès du nouveau patron de la police judiciaire, Jacques Genthial. Elles étaient bien aidées dans leur manœuvre par Mireille Bouvier, l'immuable secrétaire qui a dû user une dizaine de directeurs. Rapidement, Genthial fut conquis et se piqua au jeu. Il lui appartenait de vendre l'idée au ministre de l'Intérieur, qui à l'époque était Pierre Joxe. Et peu de flics l'avaient vu sourire.

Autrement dit, ce n'était pas le genre de personnage que l'on dérangeait pour un oui pour un non. D'autant qu'il avait déjà fait connaître son opposition à la multiplication des logos : à ses yeux, il ne pouvait y avoir qu'un seul, celui de la police nationale. Pourtant, Genthial a dû se montrer persuasif car non seulement Pierre Joxe donna son accord, mais il demanda même à Moretti d'enrichir d'un dessin ses cartes de vœux personnelles.

Par la suite, personne ne remit en cause l'existence de ce logo. Au contraire, sous le regard vigilant de Mireille Bouvier, chaque directeur central se fit un devoir de le mettre en valeur. Il est certain que Clemenceau ne le renierait pas, lui qui était un amateur d'art averti, et qui a été l'ami de bien des artistes, notamment de Claude Monet et d'Auguste Rodin. Et ce n'est pas Manuel Valls, qui dira le contraire, alors qu'il a, paraît-il, affiché un portrait de son auguste prédécesseur dans son bureau de Ministre de l'Intérieur.

À défaut d'une ligne budgétaire ad hoc, ce furent les fonctionnaires de la police judiciaire qui apportèrent leur obole, fin 1991, via une association, pour faire fabriquer les premières épinglettes.

En 2002, Moretti fit don de son œuvre à la PJ. Il est mort en 2005. Son ami Henri Deschamps, sans qui rien n'aurait été possible, est décédé début novembre, à la

veille de ses 99 ans. Quant à Michel Dupuy, il est parti en retraite avant que « son » logo ne voie le jour. Les premières médailles en émail et bronze ont été réalisées au début des années quatre-vingt-dix. Personne n'a pensé à lui en offrir une. Alors il s'est rendu au ministère pour l'acheter. Avant de satisfaire ce retraité, le jeune commissaire qui le reçut hésita longuement. Il voulait connaître les raisons de cet achat et l'utilisation qu'il comptait en faire.
- *C'est juste un souvenir,* a-t-il répondu.

Il a payé et il est sorti du Ministère de l'Intérieur. » (8)

(8) : d'après l'encyclopédie libre Wikipedia (fr.wikipedia.org), le site web www.100anspjparis.com (100 ans de la Police Judiciaire de Paris : 1913-2013) et l'article *Ma « visite » du « 36 »,* sur le blog de la journaliste passionnée de faits divers Claire Corgnou : http://clairecorgnou.wordpress.com/2012/09/21/visi
te-du-36-et-rencontre-avec-claude-cances, 21 septembre 2012.

XXXIV

Djamila sourit puis remercia son collègue de lui avoir fait oublier l'ennui de leur planque par cette jolie histoire :
- Elle est touchante et humaine, la naissance de notre logo ! Tu le connais personnellement, Michel Dupuy ? Tu as travaillé avec lui sur des affaires ?
- Non, il était affecté à l'un des offices centraux qui se trouvaient au 127, rue du Faubourg Saint-Honoré et moi j'ai toujours bossé au 36, quai des orfèvres. Mais bon, je sais que Michel Dupuy a bien contribué à l'histoire de notre belle famille de la Police Judiciaire !
- Tu deviens lyrique, Olivier, lorsque tu parles de notre grande Maison ! Mais dis donc, tu as remarqué la voiture qui s'est garée il y a un quart d'heure devant l'immeuble ? Il y a un couple à l'intérieur, ils n'ont pas bougé, on dirait qu'ils planquent, comme on est en train de le faire !
- Oui, je l'ai vue. Note leur plaque d'immatriculation et fais une identification, on ne sait jamais. Mais bon, je doute qu'on lève un lièvre, je commence à penser comme toi, le patron nous fait perdre notre temps.

Djamila téléphona à son service pour demander qui était le propriétaire du véhicule qu'ils avaient repéré. La réponse fut aussi rapide que surprenante :

- C'est une fausse plaque, répondit son interlocuteur au siège de la PJ. Mais une fausse plaque utilisée légalement par un des services du Ministère de l'Intérieur.
- C'est-à-dire ? Demanda Djamila qui avait mis le haut-parleur de son téléphone afin qu'Olivier pût entendre en direct les résultats de l'identification.
- À ton avis ? ajouta son collègue installé au bureau devant son ordinateur. Y a que ces messieurs dames très spéciaux de la DST qui se permettent ce genre de trucs !
- D'accord, merci pour l'info, répondit Djamila avant de couper la communication téléphonique.

Elle proposa ensuite à Olivier d'aller benoîtement demander à leurs collègues de « la secrète » ce qu'ils étaient en train de trafiquer devant leur objectif à eux. Le capitaine de la PJ sourit à l'idée de cette initiative directe mais lui déconseilla cet assaut brutal :
- Ils vont te regarder avec des grands yeux étonnés et te jurer, la main sur le cœur, qu'ils attendent la sortie de leur petite fille qui est à l'école maternelle de la rue d'à côté. Non, on va gentiment rentrer au service car il est inutile de laisser quatre flics planquer en même temps devant l'immeuble de la multinationale ; puis on va demander au patron de se rencarder auprès de la DST, en espérant que malgré leur secret-défense, ils pourront nous donner quelques éléments utiles pour notre

enquête. Car si eux s'intéressent à cette société, c'est qu'il y a vraiment quelque chose de valable à gratter.

Sur ces sages paroles, le capitaine de la PJ fit démarrer leur voiture et sans un regard pour ses collègues agents secrets, il prit le chemin du retour vers le 36 quai des orfèvres.

XXXV

Le manège légitime des deux flics de la PJ en planque devant le siège parisien de la multinationale n'avait évidemment pas échappé à leurs collègues de la DST, qui les regardèrent partir avec une parfaite indifférence ; il ne s'agissait aucunement de leur part de mépris pour les méthodes rationnelles de la Police Judiciaire, ils avaient simplement autre chose à effectuer et tant qu'à faire, il était préférable qu'il y eût le moins de témoins possible - surtout des officiers de police assermentés -. Et ces derniers auraient été fort décontenancés d'apprendre que les deux agents secrets attendaient qu'un troisième larron dans leur genre sortît de l'immeuble qu'ils étaient en train de surveiller ; cette tierce personne de la DST avait pour mission de photographier la fameuse liste des cobayes infectés dans le monde par le virus artificiel et virulent qu'avait fabriqué la société de Shanghai. Après une rapide mais minutieuse enquête, les policiers du renseignement avaient découvert dans le listing du personnel parisien de l'entreprise internationale une secrétaire qui se relevait difficilement d'un gros chagrin d'amour ; à partir de cet élément personnel mais essentiel, il n'avait pas été très compliqué d'organiser un montage assez immoral mais efficace qui avait abouti à ce qu'un beau policier déguisé en réparateur d'ascenseur pût accéder au coffre sécurisé du secrétariat et photographier ladite liste, tellement confidentielle et protégée qu'il était techniquement impossible de la sortir du bâtiment. Après un discret salut de la main presque affectueux adressé à la secrétaire convaincue de vivre une nouvelle et belle histoire d'amour - ce qui pouvait être le cas, finalement, au moins jusqu'à la fin de l'affaire qui intéressait le service secret -, le monte-en-l'air de la DST sortit tranquillement de l'immeuble, sa sacoche d'outils à l'épaule et l'appareil photo bien au fond de l'une des poches de son bleu de travail ; puis il marcha jusqu'à une rue adjacente où ses collègues vinrent le récupérer après avoir démarré leur voiture et surtout vérifié de visu que personne d'autre n'était sorti des locaux de l'entreprise pour entamer une filature suspicieuse. L'opération « eau de rose » était un succès total.

XXXVI

La réunion qui était en train de se dérouler à huis clos dans une salle discrète d'un vieil hôtel du centre de Vienne pouvait s'apparenter à un conseil d'administration ; mais la société et les dividendes dont il était question étaient un peu particuliers : l'argent que les dirigeants et les actionnaires devaient empocher à l'issue de l'opération en cours dépendait uniquement de la réussite du plan du projet Azraël. Ce plan avait été résumé par l'analyste qui en était à l'origine par une formule elliptique mais éclairante : *La Diagonale de la Peur.* Ou l'application des techniques du jeu d'échecs à la géométrie. Sauf que ce plan ne relevait pas de l'abstraction mais d'une réalité sanitaire pour des millions de personnes sur la planète.
Cette réunion viennoise avait été décidée d'une façon un peu improvisée afin de faire le point après l'échec de la phase I du plan, qui avait abouti à tuer en urgence la première série de cobayes infectés par le virus de Shanghai. Certains actionnaires avaient manifesté un peu d'agacement suite à ce fâcheux contretemps, raison pour laquelle des dirigeants de la multinationale avaient jugé opportun de rassembler les décideurs autour d'une table, dans un endroit discret. Vienne, carrefour stratégique du monde du renseignement en Europe,

restait paradoxalement un endroit adapté à ce genre de réunions secrètes.

Deux intervenants principaux prirent la parole lors de cette réunion ; le premier, responsable du secteur européen, énuméra les témoins potentiellement gênants qui avaient déjà été liquidés ; certes, précisa-t-il, la police française se doutait de quelque chose et avait entamé une enquête approfondie mais à ce jour, ses investigations ne représentaient pas un danger véritable pour la pérennité du projet Azraël. Il était par conséquent tout à fait possible d'envisager la phase suivante du plan implacable de *la Diagonale de la Peur,* à savoir déclencher sur commande une épidémie mondiale et proposer rapidement, après quelques milliers de morts, une solution thérapeutique extrêmement rentable. Le second intervenant, responsable du secteur asiatique, prit aussitôt le relais du premier interlocuteur pour rassurer son auditoire : la version 2.0. du virus de Shanghai était au point et il suffisait de l'inoculer à un certain nombre de victimes en plusieurs lieux emblématiques de la planète.

Les douze actionnaires, à l'issue de ces discours réconfortants, ne purent qu'applaudir au retour de la sérénité dans leurs investissements. Un majordome impeccable leur servit ensuite un délicieux whisky, ainsi qu'une invitation personnalisée à un concert privé

donné le soir même en hommage au « roi de la valse » ; la multinationale avait le bras long et les moyens de louer le Musikverein, la salle de concert mythique de la Karlsplatz ; et qui aurait pu imaginer que le temple viennois de la musique allait héberger momentanément un auditoire d'une telle noirceur ? Personne.
Personne, hormis le couple anodin de touristes français confortablement installés dans les fauteuils Louis XV qui trônaient dans le hall de l'hôtel viennois. Les vacanciers étaient en réalité deux agents de la station autrichienne de la DGSE ; avec la plus grande discrétion, ils s'appliquèrent à bien photographier la quinzaine de participants qui sortirent de la réunion consacrée à l'actualité du projet Azraël. L'information communiquée par la DST n'était pas un tuyau percé ; et les clichés qu'étaient en train de prendre les officiers de renseignements français allaient constituer une galerie de portraits peu reluisants mais bien utiles pour mettre à jour la documentation opérationnelle des services secrets de la République une et indivisible chère à Maximilien De Robespierre.

XXXVII

Le patron de la Brigade Criminelle était en train de lire une étude sur un nouveau logiciel révolutionnaire censé permettre à la police de prédire les crimes avant qu'ils ne fussent commis, ce qui était à la fois passionnant et dangereux ; passionnant car tout flic rêvait de pouvoir protéger les victimes en anticipant les actions criminelles ; dangereux également car il était alors possible d'imaginer un informaticien boutonneux et débraillé, une bière à la main, en train de décider, selon des paramètres virtuels et préétablis, qu'un individu lambda allait forcément se transformer en coupable ; ce n'était plus de la police scientifique mais de la police d'anticipation, avec toutes les dérives possibles et imaginables. L'usage immodéré des drones où une mort non virtuelle était donnée à l'autre bout du monde via un écran informatique et une souris était déjà un jeu vidéo devenu une réalité, qui entraînait d'ailleurs des problèmes éthiques pour les militaires utilisant cette nouvelle méthode protectrice pour leurs soldats ; car la notion de combattant n'existait plus vraiment. Et si ce logiciel policier de prédiction délictuel se révélait tout à fait performant et devenait le nec plus ultra de la police 3.0., comme dans le film *Minority Report,* le commissaire de la Brigade Criminelle se dit que, au bout du compte, il n'aurait plus qu'à quitter son beau bureau du 36 Quai des orfèvres et aller pêcher à la ligne, son autre passion.

Ce logiciel, nommé PredPol (pour *predictive policing*), était déjà utilisé depuis quelques années par la police de Los Angeles, Memphis (Tennessee), Charleston (Caroline du Sud) et New York, aux États-Unis (9). Fruit d'une étude destinée à théoriser les mécanismes qui conduisent au crime et développé par une équipe composée d'un mathématicien, d'un anthropologue à l'université de Californie à Los Angeles (UCLA), Jeff Brantingham, et d'un criminologue, PredPol avait été classé dans le Top 50 des inventions de l'année par le fameux magazine américain Time. PredPol était rédigé sur le modèle des logiciels de prévention des séismes. Son algorithme utilisait une base de données des dernières infractions, des données démographiques et de plusieurs formules tenues secrètes et permettait de prévoir où et quand un délit allait être produit.

PredPol était aussi facile à utiliser qu'un logiciel de traitement de texte et était également en mesure de

(9) : cf. les sites web www.predpol.com, dailygeekshow.com (article *Un nouveau logiciel révolutionnaire permet à la police de prédire les crimes avant qu'ils ne soient commis,* 16 octobre 2013) et lemonde.fr (article de Louise Couvelaire, *Le logiciel qui prédit les délits,* 4 janvier 2013).

« prévoir » les homicides ou les violences avec arme à feu. La police de Santa Cruz en Californie, qui avait été la première à tester le dispositif, avait affirmé que le nombre de cambriolages aurait diminué de 27 % entre l'année 2010 et 2011. Entre novembre 2011 et mai 2012, ce dispositif aurait contribué à faire chuter de 33 % les agressions et de 21 % les crimes violents.
Certes, PredPol donnait une idée d'où et quand un crime allait se produire, mais demeurait incapable de préciser qui allait le commettre. Il fonctionnait sur les ordinateurs, les tablettes numériques et les smartphones, et offrait aux forces de l'ordre une carte régulièrement mise à jour sur laquelle apparaissaient des carrés rouges synonymes de zones à risques et classés par secteurs prioritaires. L'indication actualisée de ces tendances conduisait alors les policiers à patrouiller aux alentours, afin d'être « au bon endroit au bon moment », et d'exercer une présence dissuasive. PredPol avait d'ores et déjà été exporté dans plusieurs pays comme l'Angleterre qui l'utilisait dans le comté du Kent, et la police française étudiait sérieusement son acquisition, comme 200 autres pays dans le monde. Car PredPol ne pourrait jamais remplacer la présence de la police sur le terrain, mais constituait néanmoins un outil de soutien et de prévention efficace pour anticiper les délits et les crimes.

Quels que fussent ses mérites, PredPol ne permettait pas dans l'immédiat de résoudre l'énigme policière dont le patron de la Brigade Criminelle était en train de s'occuper. Ses enquêteurs Olivier Stirmol et Djamila Bouhared lui avaient certes signalé la pertinence de leur intérêt pour la société parisienne puisqu'une équipe de la DST planquait également devant l'immeuble en question ; mais le commissaire de la PJ n'avait pas obtenu grand-chose de son entretien téléphonique avec l'un de ses collègues de promotion, qui était affecté à l'état-major des services secrets français. Ce dernier lui avait confirmé que la DST travaillait également sur cet objectif mais, avait-il précisé, sur un autre plan relevant de la sécurité nationale et par conséquent soumis au secret-défense - ce qui signifiait en clair : motus et bouche cousue -. Malgré ce déficit de communication, son homologue lui conseillait vivement de continuer ses investigations judiciaires sur ce dossier et se montrait persuadé que les éléments qu'allaient certainement pouvoir recueillir les fins limiers de la Brigade Criminelle se révéleraient fort utiles à l'enquête globale menée par le Ministère de l'Intérieur.

En raccrochant son téléphone, le commissaire de la Police Judiciaire se demanda ce qu'il allait bien pouvoir donner comme instructions à ses équipiers. Il décida néanmoins de convoquer immédiatement dans son bureau Olivier Stirmol et Djamila Bouhared, afin de faire le point sur cette affaire nébuleuse.

XXXVIII

- Allô, mon capitaine ?

Le vieux policier de la SDIG de Lyon n'appréciait pas particulièrement l'utilisation de ce grade militarisé. Il était entré dans la Police Nationale une trentaine d'années plus tôt comme inspecteur de police pour faire des enquêtes en civil dans une ambiance à la Georges Simenon et non pour commander des gardiens de la paix. Mais l'évolution de l'organisation administrative du Ministère de l'Intérieur avait fait apparaître ces nouvelles dénominations, équivalentes à celles des gendarmes et des militaires ; et il avait bien fallu s'adapter, peu ou prou, à la modification de son ambiance de travail. Peu à peu, des jeunes générations d'officiers de police arrivaient dans tous les services et ils ressemblaient aux commissaires d'autrefois. Survivaient çà et là quelques dinosaures qui, les uns après les autres, finissaient par poser leur demande de mise en retraite et quittaient un métier qui avait déjà disparu. Le capitaine de la SDIG de Lyon faisait partie de ces policiers du passé et son travail dans un des services de renseignements de la Police lui donnait au moins l'avantage de ne pas trop réaliser l'ampleur du changement de décor professionnel.

Le gars qui lui téléphonait en l'appelant logiquement « mon capitaine » était un collègue de la Direction interrégionale de la police judiciaire de Lyon, lui aussi un capitaine qui avait de l'ancienneté dans la maison poulaga. Ce dernier voulait avoir des renseignements discrets sur une fiole qui aurait été récemment confiée pour analyse au laboratoire Gerland. L'officier de la SDIG promit de se rencarder et ce ne fut pas très difficile : en raison d'un rapprochement voulu en haut lieu entre les deux forces de sécurité du Ministère de l'Intérieur, l'un des collègues de son service était gendarme et c'était justement la Gendarmerie nationale qui assurait la sécurité des accès aux établissements Gerland.
Un coup de fil plus tard, le policier de la SDIG avait une réponse à transmettre à son collègue de la Police Judiciaire ; certes, ses amis gendarmes n'avaient pas pu lui donner des renseignements sur le contenu de la fiole, car cette recherche était extrêmement confidentielle et de toute façon n'avait pas encore abouti ; mais ils purent lui communiquer les coordonnées de l'entreprise française qui fabriquait les fameuses fioles, un modèle très particulier et sécurisé qui n'était vendu qu'à un nombre tout à fait restreint de sociétés biologiques dans le monde.

Satisfait de ce tuyau qui allait certainement constituer un indice intéressant, l'officier de la SDIG rappela son collègue de la Police Judiciaire lyonnaise. Puis, satisfait du devoir accompli, il se replongea dans ses dossiers du jour, tout en gardant une pensée pour la petite maison qu'il avait achetée en Gascogne en prévision de sa prochaine retraite.

XXXIX

Le patron de la Brigade Criminelle écoutait avec patience mais intérêt un spécialiste de l'Identité Judiciaire lui expliquer que le reflet des pupilles permettrait bientôt aux enquêteurs de retrouver des voyous. C'était en tout cas l'hypothèse émise très récemment par les docteurs Rob Jenkins Christie Kerr de l'University of Glasgow School of Psychology (10) ; selon ces chercheurs écossais, les pupilles immortalisées sur des photographies constituaient des sources de renseignements fort appréciables, en particulier dans le cas des clichés de crime, lorsque les victimes étaient prises en photo par leur agresseur ; il convenait alors d'analyser tous les détails présents dans les yeux, ce qui pouvait permettre d'identifier le coupable et les lieux où s'étaient déroulés les faits délictueux...

L'annonce, par un appel téléphonique de son secrétariat, de l'arrivée d'Olivier Stirmol et Djamila Bouhared permit au commissaire d'abréger cette démonstration brillante et futuriste de l'évolution

(10) : cf. les sites web dailygeekshow.com, (article de Romain Pernet, *Le reflet de vos pupilles permettra bientôt aux enquêteurs de retrouver vos agresseurs,* 4 janvier 2014) et www.atlantico.fr (article *Révolution technologique : Les pupilles vont bientôt servir de pièces à conviction dans les enquêtes criminelles,* 4 janvier 2014).

technologique des pièces à conviction qu'il utilisait dans le cadre de ses enquêtes criminelles ; il s'excusa auprès du fonctionnaire de l'Identité Judiciaire en prétextant une réunion urgente sur une affaire en cours, ce qui était d'ailleurs rigoureusement exact ; sauf que le patron de la Brigade Criminelle n'avait toujours pas la moindre idée de ce qu'il allait pouvoir demander comme investigations complémentaires à ses enquêteurs. Il laissa sortir de son bureau le technicien de la police scientifique puis invita ses subordonnés à s'asseoir. Après un bref silence, le commissaire leur proposa un café ; c'était la première idée qui lui était venue à l'esprit en voyant ses coéquipiers, aussi dépités que lui par cette enquête qui n'avançait pas ; idée fort sympathique et conviviale au demeurant mais qui ne faisait guère avancer le schmilblick ; car, comme l'aurait dit Pierre Dac lui-même, cette fichue fiole de Shanghai ne servait absolument à rien et pouvait donc servir à tout.

XXXX

Jonathan était un mercenaire. Sans scrupule et sans états d'âme. Celui qui payait le plus avait raison. Lors de sa longue carrière, il avait aussi bien travaillé pour le Hezbollah que pour la CIA et cela ne lui avait jamais posé le moindre problème. Mais il convenait de préciser également que Jonathan n'avait jamais, lui non plus, causé de soucis à ses employeurs successifs. C'était un excellent professionnel.
La société militaire privée luxembourgeoise qui le faisait bosser en ce moment lui avait confié une mission simple : aucune personne non autorisée ne devait accéder dans ce local très discret où se trouvait un coffre-fort qui renfermait tous les éléments opérationnels du plan de *la Diagonale de la Peur*. Et trois personnes seulement avaient le droit d'ouvrir ce coffre. Jonathan, naturellement, connaissait la courte liste, soigneusement gravée dans sa mémoire.
Alors, il mangeait là, il dormait là et il veillait. Prêt à tuer un intrus éventuel. La vie quotidienne n'était pas très amusante mais Jonathan avait développé dans l'exercice de son métier sa part d'animalité. Son unique plaisir dans son existence était, de temps à autre, d'aller voir sa « fiancée » qui vivait à Madrid ; elle ne posait jamais de questions lorsque Jonathan venait la voir ou bien

repartait, c'était une jolie femme brune au teint mat et aux grands yeux noirs, un regard troublant et brûlant dont Jonathan ne se lassait pas. L'amour qu'il éprouvait pour la belle Espagnole était, au bout du compte, la seule dimension humaine qu'il avait su ou voulu préserver chez lui. Le reste, c'était du business, à accomplir le plus sérieusement possible mais qui n'avait pas une importance véritable.

Son téléphone portable sonna : c'était son « chef », ainsi qu'il était possible de nommer approximativement l'individu qui lui donnait des instructions dans le cadre de ce contrat. Car Jonathan n'avait pas de chef, uniquement des commanditaires. Son interlocuteur avait un message simple à lui faire passer : redoubler de vigilance car d'après les informations dont disposait la société militaire privée, la police française avait progressé dans ses investigations et il n'était pas à exclure que cette dernière pût remonter, à un moment ou à un autre, jusqu'au local secret de la multinationale qui recélait les éléments confidentiels de *la Diagonale de la Peur.* Et en cas de tentative de pénétration, les instructions restaient les mêmes : Jonathan devait tirer dans le tas.

Le mercenaire acquiesça puis mit fin à cette brève conversation téléphonique, sans même s'étonner que son employeur vînt de lui demander de faire éventuellement feu sur des policiers. Crime impardonnable qui constituait toujours un danger majeur pour ceux qui s'y risquaient. Mais l'échelle des valeurs dévoyée de Jonathan ne lui permettait pas de réaliser la gravité des ordres qu'il venait de recevoir.

XXXXI

Par un effet heureux de synchronisation du hasard, le patron de la Brigade Criminelle et le capitaine Olivier Stirmol plongèrent un sucre dans leurs tasses de café au même instant où leurs téléphones respectifs se mirent à sonner. Djamila, qui faisait attention à sa ligne malgré son jeune âge et sa silhouette élégante, ne mettait jamais de sucre dans son café ; et son téléphone resta silencieux.

Les deux membres masculins de la Police Judiciaire, toujours en symbiose, prononcèrent concomitamment un classique et logique « allô ? ». Mais alors que le commissaire restait assis derrière son bureau, l'officier jugea opportun de se lever et de quitter le bureau de son patron ; car une double conversation téléphonique allait rapidement se révéler fort gênante du point de vue auditif.

Le patron de la PJ avait au bout du fil son homologue de la DST, qui proposait de lui communiquer dans les plus brefs délais une liste de noms très intéressante, puisqu'il s'agissait des cobayes dont l'assassinat était en cours par les mercenaires de la société militaire privée travaillant pour la multinationale pharmaceutique. Intérêt certes relativisé par le fait qu'un certain nombre de ces cobayes étaient déjà morts ; mais pas tous, ce qui redonnait un sens certain à l'action policière en cours : le commissaire de la DST suggérait à son collège de la PJ d'envoyer ses troupes aller interroger - et par là même protéger - les cobayes survivants ; ces témoignages apporteraient peut-être des éléments nouveaux à l'enquête en cours ; en outre, cette démarche offensive de la Police Judiciaire mettrait fin à la longue série de décès étranges déjà perpétrés à Paris et dans plusieurs grandes villes françaises.

Le patron de la Brigade Criminelle remercia chaleureusement le policier de la DST et lui communiqua son adresse mail professionnelle afin de recevoir la liste le plus rapidement possible ; puis il mit fin à la conversation téléphonique. Malgré ses remerciements appuyés, il n'était pas totalement dupe de la générosité bienveillante des services secrets à l'égard de la brigade criminelle et il avait l'impression d'être un pion sur un échiquier, ce qu'il n'appréciait pas vraiment. Cependant, il y avait urgence : la priorité était de stopper les trépas suspects, déjà trop nombreux. Le commissaire ouvrit son logiciel de messagerie internet, cliqua sur le mail de la DST qui était déjà arrivé et imprima la pièce jointe en deux exemplaires ; le premier resta sur son bureau dans le dossier adéquat, le second atterrit immédiatement dans les mains de Djamila, qui était chargée par son patron de mobiliser en toute

urgence plusieurs de ses collègues et de foncer aux domiciles des cobayes encore vivants.
Au moment où Djamila sortait à la hâte du bureau du commissaire, Olivier venait de terminer sa propre conversation téléphonique avec son collègue de la PJ lyonnaise. Ce dernier venait de lui transmettre le tuyau sur la société qui fabriquait les fioles spéciales utilisées pour transporter les virus. Le capitaine Stirmol en rendit compte à son patron, qui lui donna carte blanche pour recouper cette nouvelle information.
- Par contre, précisa le commissaire, vous serez seul pour effectuer cette enquête. J'ai envoyé votre coéquipière favorite avec d'autres fonctionnaires afin d'assurer la protection des victimes, c'est prioritaire. Vous êtes un policier expérimenté, soyez prudent mais rapportez-moi des informations utiles pour nos investigations judiciaires en cours. Des informations qui ne soient pas des tuyaux de seconde main déjà exploités par nos petits copains de la DST. D'accord, capitaine ?
- Bien compris, patron ! répondit Olivier Stirmol avec conviction.

Redevenu seul dans son bureau, le patron de la Brigade Criminelle s'aperçut qu'il n'avait même pas eu le temps de boire son café, qui avait déjà refroidi. Et il avait horreur du café tiède. En grommelant, il se leva et mit une nouvelle capsule dans la cafetière électrique tout en se disant qu'il espérait faire avancer rapidement cette enquête à tiroirs et à meurtres multiples : il avait lancé dans l'action ses coéquipiers et il leur faisait confiance pour exploiter au mieux ces nouvelles pistes ; les résultats dépendaient maintenant de leur savoir-faire, ce dont il ne doutait pas, mais aussi d'une part de chance, celle qui distinguait les bons flics des « chats noirs ».

XXXXII

Tandis que Djamila Bouhared s'affairait avec ses collègues de la Brigade Criminelle pour mener à bien les auditions des cobayes survivants - ce qui n'était pas une mince affaire car il fallait les contacter un par un, leur expliquer pour quelle raison stupéfiante un binôme de la Police Judiciaire allait débarquer chez eux en combinaisons de protection biologique pour les interroger - ; et saisir les services compétents en province, car d'après la liste communiquée par la DST, les victimes potentielles du virus de Shanghai habitaient un peu partout en France -, Olivier Stirmol s'isola dans son bureau et commença à faire des recherches sur la société qui fabriquait les fioles. Cette piste semblait plus intéressante que la première liste d'entreprises de biotechnologies qu'il avait établie avec Djamila Bouhared et au sein de laquelle leur patron avait mystérieusement désigné une cible déjà suivie par une équipe des services secrets. Cible qui devenait par conséquent sans intérêt, ou presque.

Grâce à l'info communiquée par son collègue lyonnais, Olivier Stirmol n'eut aucune difficulté à localiser le fabricant de fioles et à creuser un peu les statuts et les actionnaires de cette société parisienne. Rien de particulier ne ressortait de ces premières investigations, à part le fait que le frère d'un très haut responsable politique français faisait partie du conseil d'administration ; mais cette participation n'avait rien d'illégal et ne méritait même pas un entrefilet dans le prochain numéro du *Canard Enchaîné.* Le policier de la PJ imprima les quelques éléments qu'il avait pu recueillir puis décida de se rendre jusqu'aux locaux de l'entreprise, dans le cadre de son enquête préliminaire. Après avoir vérifié que son arme de service était bien rangée au fond de son holster, il ferma à moitié son blouson de cuir et se dirigea vers le parking du 36, quai des orfèvres, afin d'y récupérer son véhicule de police banalisé. La circulation parisienne était encore fluide à cette heure de l'après-midi et Olivier Stirmol évalua qu'il lui faudrait moins d'une heure pour atteindre son but.

En faisant démarrer sa voiture, le policier eut le sentiment indéfini mais fort qu'il était sur la bonne voie. Il avait raison mais n'avait absolument pas conscience des obstacles qu'il allait rencontrer sur sa route.

XXXXIII

Olivier Stirmol avait trouvé sans difficulté une place pour garer son véhicule et n'avait même pas eu besoin de rabattre le pare-soleil agrémenté de la plaque « POLICE » qui permettait d'éviter qu'une voiture de service mal garée fût embarquée par la fourrière. Puis il pénétra dans l'immeuble de la société pharmaceutique et d'un air à la fois avenant et ferme, il se fit connaître auprès du vigile en exhibant sa carte professionnelle ; c'est un nouveau modèle, beaucoup plus petit que l'ancienne brême popularisée par le cinéma et les couvertures de romans policiers ; elle avait le format d'une carte bancaire : plus discrète et plus pratique, moins encombrante mais aussi moins impressionnante. En tout cas, le vigile ne se posa pas de questions inutiles et prévint aussitôt d'un coup de téléphone le directeur de l'entreprise qu'un membre fort décidé de la Police Judiciaire souhaitait être reçu sur-le-champ.
Olivier Stirmol s'engouffra dans un vieil ascenseur qui le mena au deuxième étage de l'immeuble ; il se trouvait maintenant dans un corridor ; il marcha quelques mètres sur une moquette épaisse et luxueuse jusqu'à une porte massive qui portait l'inscription : « Direction », ce qui correspondait exactement à ce qu'il souhaitait. Il frappa et pénétra dans le secrétariat, où était installée

une jeune femme plutôt jolie mais à l'allure austère ; elle lui demanda de patienter quelques instants, sans lui proposer de s'asseoir ; heureusement, l'attente ne se prolongea pas et par un appel téléphonique interne, la secrétaire reçut l'ordre de faire entrer le policier dans le bureau du président.

Ce dernier était une caricature des personnages placés à ce genre de postes de responsabilités ; il invita Olivier Stirmol à s'asseoir dans l'un des fauteuils confortables qui trônait devant sa table de travail puis, sur un ton parfaitement neutre, lui demanda en quoi il pouvait lui être utile. Le policier répondit :

- Je vous remercie tout d'abord de me recevoir de cette façon impromptue.

- C'est la moindre des choses, rétorqua le président. Vous avez de la chance de pouvoir me rencontrer car j'ai un emploi du temps très chargé. Mais il me semble tout à fait normal de répondre au mieux et au plus vite aux réquisitions de la Police Judiciaire.

- Très bien ! Rassurez-vous, il n'y a rien de grave. Mais je suis en train d'effectuer une enquête préliminaire, qui ne concerne pas directement votre société, je le précise d'emblée. Cependant, l'un de vos produits phares est une fiole hautement sécurisée, utilisée uniquement par quelques sociétés très pointues en matière de pharmacie et de biotechnologies.

- C'est tout à fait exact, répondit le président. Mais tous nos produits répondent aux normes européennes et internationales et nos activités sont parfaitement en règle avec la législation en vigueur.
- Je n'en doute pas, précisa Olivier Stirmol. Cependant, dans le cadre de mes investigations, il me faudrait la liste actualisée de vos clients. Et le bilan des commandes récemment effectuées.
- Ce n'est absolument pas un problème. Je vais demander immédiatement à notre service de comptabilité de vous préparer les éléments utiles à votre enquête.

Le président se pencha alors vers son ordinateur et envoya un mail avec ses instructions. Puis il se tourna vers le policier et lui dit :
- Vous aurez ce que vous voulez dans cinq minutes au plus tard. Cela me laisse le temps de vous proposer un café. À moins que vous ne préféreriez un whisky ?
- Jamais d'alcool pendant le service, répondit Olivier Stirmol qui était un fonctionnaire exemplaire.

Grâce à tant de conscience professionnelle, le capitaine de la Police Judiciaire eut non seulement droit à un excellent café pur arabica et un délicieux petit chocolat noir, mais encore à un listing informatique détaillé qui

resserrait d'une façon tout à fait positive le champ de ses investigations. Et Olivier Stirmol ressentait toujours ce sentiment satisfaisant d'avancer dans la bonne direction.
Il salua successivement le président, la secrétaire et enfin le vigile puis retrouva sa voiture. Il avait demandé à son interlocuteur de garder la plus totale discrétion et il espérait que celui-ci tiendrait parole, en évitant d'appeler tous ses clients pour les prévenir que la Police Judiciaire s'intéressait de près à leurs petites affaires. En effet, Olivier Stirmol comptait bien garder une longueur d'avance, surtout pour empêcher les coupables supposés de faire disparaître les indices de leurs malversations ; mais aussi pour pouvoir permettre à son patron de la brigade criminelle de garder la main sur cette enquête qui, apparemment, passionnait leurs collègues un peu mystérieux de la DST. La *guerre des polices* ne constituait plus, heureusement, qu'un vieux souvenir évoqué par quelques anciens ; néanmoins, chaque service gardait la fierté de réussir une enquête, dans le sens bien compris d'une saine et stimulante émulation. Et Olivier Stirmol avait la ferme et légitime intention de faire gagner son équipe, la brigade criminelle du 36 quai des orfèvres.

XXXXIV

Installé à la table en terrasse d'un bistro parisien au charme désuet, Olivier Stirmol poursuivait sans relâche ses investigations informatiques à l'aide de son ordinateur portable, en criblant les entreprises clientes du fabricant de fioles sécurisées. Le policier de la PJ, naturellement, s'intéressa en particulier à la multinationale où Djamila Bouhared et lui avaient repéré une équipe de la DST en train de planquer. Mais aucune de ces sociétés, y compris celle-ci, n'avait défavorablement attiré l'attention, du moins d'après les nombreuses bases de données qu'Olivier Stirmol consultait.

Il termina de boire son café puis replongea son regard dans l'écran informatique ; en cherchant bien, il s'aperçut que l'entreprise suspecte disposait de plusieurs locaux dans Paris, dont l'un pouvait retenir l'attention car il ne disposait d'aucun moyen de communication, numéro de téléphone, fax, adresse mail... Cet établissement secondaire pouvait par conséquent constituer un centre de dépôt sur lequel l'entreprise souhaitait rester particulièrement discrète. Cette supposition était une vue de l'esprit mais Olivier Stirmol décida de se fier à son intuition policière et,

« sans désemparer » comme l'on écrivait autrefois dans les procès-verbaux, d'aller faire un tour sur place.
Il remonta dans sa voiture ; sa nouvelle destination n'était pas très éloignée de la précédente, mais la topographie urbaine en était fort différente : le quartier où il arrivait était fait de ruelles calmes et assez sombres, bordées de nombreux entrepôts fermés par des grilles métalliques. Peu de badauds et de circulation automobile, une ambiance un peu curieuse de zone industrielle dans Paris intra-muros.
Il se gara à proximité de son objectif puis s'intéressa à la porte d'entrée du local sur lequel il voulait se renseigner ; naturellement, celle-ci était fermée à clef. Olivier Stirmol leva les yeux : le bâtiment comptait un étage et les vastes baies sur la façade étaient protégées par des barreaux épais. Aucun bruit ne filtrait de l'intérieur du local, qui paraissait inoccupé. Après une courte hésitation, le policier décida d'appuyer sur la sonnette de la porte d'accès.
A priori, ce fut une bonne initiative car le pêne électrique claqua et la porte s'entrebâilla. Mais aucune voix humaine ne proposa au flic de la PJ de pénétrer dans le bâtiment. Olivier Stirmol considéra cependant qu'il s'agissait d'une invitation suffisante et d'une main décidée, ouvrit en grand la porte.

Ce fut au même instant que retentit un coup de feu. Olivier Stirmol, heureusement, en bon professionnel, s'était légèrement mis de profil afin d'offrir un angle de tir minimum ; certes, il ne s'attendait absolument pas à se faire tirer dessus comme sur un lapin, mais son réflexe appris dans les stands d'entraînement de la Police nationale venait de lui sauver la vie.
La balle, à l'onde de choc particulièrement puissante, avait cependant partiellement atteint son but en pénétrant dans l'épaule gauche du policier ; ce dernier, à cause de l'impact violent, fut rejeté à l'extérieur de l'immeuble et s'effondra sur le trottoir.

XXXXV

Mireille Ballestrazzi, inspectrice générale de la police nationale, était la deuxième femme (11), après Martine Monteil, à occuper le poste prestigieux mais lourd de responsabilités de Directrice Centrale de la Police Judiciaire. Elle avait succédé à Christian Lothion ; et elle comme tous ses prédécesseurs redoutaient une chose en particulier : c'était d'apprendre par un bref coup de téléphone qu'un policier venait d'être blessé ou tué. Or, malheureusement, elle venait de recevoir un appel du patron de la brigade criminelle, qui lui rendait compte de la blessure par balle du capitaine Olivier Stirmol, dans l'exercice de ses fonctions.

Bien entendu, des secours et des renforts avaient été dépêchés en urgence : une assistance médicale pour récupérer et soigner le policier blessé, des renforts pour neutraliser l'individu qui avait tiré sur leur collègue et qui s'était barricadé à l'intérieur du bâtiment de la société pharmaceutique. En effet, bien que grièvement touché, Olivier Stirmol avait dégainé son arme à feu et du coup avait empêché le mercenaire de s'enfuir des locaux qu'il était chargé de garder.

(11) : Mireille Ballestrazzi et Paul Katz, *Madame le commissaire,* Paris, Presses de la Cité, 1999, 203 p.

Jonathan avait déjà compris qu'il n'avait aucune chance de s'en sortir et que, pour une fois, il avait raté sa mission. À l'extérieur se déployait le système policier traditionnel en de telles circonstances, en particulier le RAID (12) qui intervenait sur ordre du directeur général de la police nationale.
Le mercenaire n'avait pas reçu d'instructions de ses commanditaires pour gérer cette situation sans issue. Devait-il détruire à l'explosif le bâtiment et le coffre contenant les documents confidentiels sur le plan de *la Diagonale de la Peur* qu'il devait protéger ? En raison du rapide déploiement de forces de l'ordre qui le bloquait à l'intérieur du local, Jonathan avait compris qu'il avait

(12) : Le RAID est une unité d'élite de la police nationale française. Le nom est choisi en référence au mot « raid » désignant un assaut militaire, mais a reçu par rétroacronymie le sens Recherche, assistance, 184 intervention, dissuasion. Fondé en 1985, par Robert Broussard et Ange Mancini notamment, l'unité participe sur l'ensemble du territoire national à la lutte contre toutes les formes de criminalité et de grand banditisme. Placé sous l'autorité directe du directeur général de la police nationale, le RAID est appelé à intervenir à l'occasion d'événements graves, nécessitant l'utilisation de techniques et de moyens spécifiques pour neutraliser les individus dangereux, par la négociation ou l'intervention (source : http://fr.wikipedia.org/wiki/Recherche,_assistance,_intervention,_dissuasion).

blessé un policier et qu'il allait le payer très cher. Mais pas au prix de sa vie.
Après tout, il n'était qu'un pion et il voulait garder l'espoir de revoir un jour sa belle maîtresse espagnole, même après quelques années de prison. Aussi décida-t-il de ne pas allumer la mèche des explosifs qui faisaient partie de sa panoplie et de se rendre à la police, sans combattre. Les risques du métier de mercenaire n'incluaient pas une bataille rangée et forcément perdante contre l'élite de la police française.

XXXXVI

La Police Judiciaire toulousaine avait l'habitude de fêter ses succès dans un bar chaleureux du boulevard Lascrosses, qui portait le nom d'une plante xérophyte de la famille des Cactaceae ayant la particularité d'être piquante ; tout comme le logo de la Brigade Criminelle, qui était un chardon symbolisant la devise « qui s'y frotte s'y pique », utilisée depuis le début du XXe siècle pour illustrer la détermination de ce service : quand la « Crim' » était saisie d'une enquête, tous ses membres se mettaient à travailler ensemble avec un seul objectif : identifier le ou les auteurs du crime, l'arrêter et le déférer à la justice ; et pour ce faire, la « Crim' » s'accrochait à toutes les pistes, comme le chardon à un vêtement.
La soirée festive du jour dans un célèbre piano bar du cœur de Paris avait ceci de particulier qu'elle réunissait à la fois les fins limiers de la brigade criminelle et les agents tenaces de la DST : ils célébraient ensemble, ce qui n'était pas coutumier, le succès de la vaste opération policière qui avait abouti à l'arrestation des têtes pensantes du projet Azraël et l'échec du plan diabolique de *la Diagonale de la Peur*.
L'étude de la facturation détaillée du téléphone portable du mercenaire, qui avait été arrêté en douceur par le RAID, avait permis d'identifier ses

commanditaires de la société militaire privée ainsi que de la société multinationale pharmaceutique. Les premières arrestations réalisées dans la foulée avaient donné un coup fatal à l'opération criminelle qui avait commencé à se réaliser en France et des prolongements judiciaires étaient en cours dans toute l'Europe et dans le monde. Comme Mireille Ballestrazzi, la Directrice Centrale de la Police Judiciaire, présidait également le comité exécutif d'Interpol (13), l'organisation internationale de la police criminelle, l'affaire avait été rondement menée.

Les policiers de la PJ et de la DST pouvaient par conséquent s'amuser ensemble ce soir-là car ils avaient bien mérité ce moment de détente et de convivialité. Et chacun avait à cœur de commander une nouvelle bouteille de champagne pour remplacer celle qui était vide.

Sophie Bouzenac et André Ormus étaient de la partie, ce qui était parfaitement normal. Le train qui devait les ramener à Toulouse ne démarrait que le lendemain

(13) : Interpol (contraction de l'expression anglaise International Police) est une organisation internationale créée le 7 septembre 1923 dans le but de promouvoir la coopération policière internationale. Le nom complet en français est Organisation internationale de police criminelle (OIPC). Son siège est situé dans la ville de Lyon en France.

après-midi, après une ultime réunion de bilan au siège parisien de la DST ; aussi pouvaient-ils, comme leurs collègues de la capitale, profiter pleinement de cette soirée amicale.
André Ormus ne put s'empêcher de sourire lorsqu'il entendit tout à coup le pianiste du bar se mettre à jouer un Solo de Michel Petrucciani ; le même que celui qu'il écoutait pendant sa planque devant le restaurant toulousain, au départ de cette enquête étonnante.
Puis il proposa à Sophie Bouzenac de remplir à nouveau sa coupe de champagne ; la jeune femme accepta bien volontiers.
La fête se termina à une heure avancée de la nuit parisienne.

XXXXVII

Marc Stevens Jr s'installa à son bureau et alluma son ordinateur ; puis il frappa les codes d'accès, qu'il connaissait par cœur malgré leur complexité. Seuls neuf membres de la banque d'investissement possédaient ce niveau d'autorisation informatique, directement lié au montant possible de transactions monétaires. Car pour Marc Stevens Jr et ses collègues, tout se résumait à des virements financiers destinés à gagner toujours plus d'argent. La vie - comme la mort pour ceux qui pouvaient gêner les actions de la banque d'investissement - n'avait pas d'autre sens à leurs yeux.

Marc Stevens Jr était un homme efficace et il n'avait pas de temps à perdre ; il alla directement sur le répertoire informatique dédié à l'opération de Shanghai et dont il connaissait de mémoire le montant financier qui lui avait été consacré : 3 millions d'euros. Cette mise de départ ne représentait pas beaucoup d'argent mais aurait dû en rapporter énormément si la manipulation planétaire avait bien fonctionné. Cela n'avait pas été le cas et avec pragmatisme, sans aucune émotion, le banquier d'affaires se contenta de transférer la somme sur un autre répertoire de l'ordinateur, déclenchant ainsi une nouvelle opération, liée, celle-ci, à

l'immortalité des êtres humains. Du moins ceux qui auraient les moyens de payer.
Une brève réunion de bilan était prévue dans l'après-midi avec quelques analystes pointus mais cela n'avait guère d'importance : dans ce jeu de poker mondial et très sécurisé, il n'y avait pas beaucoup de temps disponible pour comprendre les échecs, il fallait avancer et vite.
En trois clics de souris, Marc Stevens Jr avait réglé un problème qui n'avait jamais existé.

XXXXVIII

Anne-Sophie Dulacq, laborantine expérimentée de la Police scientifique parisienne, finit de fermer soigneusement sa combinaison de protection puis entra dans la salle blanche où était stocké le virus. Les nombreuses expertises effectuées à la demande de la Police Judiciaire, réalisées pourtant par les meilleurs laboratoires français, n'avaient pas réussi à donner une réponse pleinement satisfaisante sur la structure moléculaire du virus de Shanghai et son évolution possible dans le futur. Par conséquent, le directeur de la Préfecture de Police de Paris avait demandé à ce que soient effectués régulièrement des contrôles de la fiole où était enfermé ce virus diabolique. Il suffisait d'attendre qu'un éminent spécialiste de l'Institut Pasteur trouvât la clef scientifique de cette création artificielle, sorte de Frankenstein du XXIe siècle, aussi minuscule que dangereuse pour l'humanité.

La jeune femme s'installa sur le tabouret qui permettait de scruter la fiole à l'aide d'un microscope, dont elle régla rapidement la vision afin de pouvoir observer à la loupe le redoutable virus qui avait failli entraîner une catastrophe sanitaire mondiale. C'était un contrôle de routine mais Anne-Sophie Dulacq l'effectua consciencieusement ; c'était à elle qu'avait été confié le suivi de la fiole et chaque semaine, elle rédigeait un rapport d'analyses, toujours dans les mêmes termes car le virus n'évoluait pas, il stagnait comme un Alien immobile et menaçant suspendu dans le vide de l'espace. Au moment où la laborantine allait éloigner son œil du microscope, son cerveau concentré sur l'observation enregistra un mouvement anormal du virus ; du coup, elle se remit à observer le contenu de la fiole tout en se disant qu'elle devait être victime d'une illusion d'optique : il n'existait aucune raison valable pour que le micro-organisme se mît subitement à bouger.

Il se passait pourtant quelque chose de nouveau à l'intérieur de la fiole : le virus meurtrier ne bougeait pas au sens propre, il avait enclenché un phénomène de scissiparité que pouvait observer en direct la scientifique de la Police nationale.

- C'est incroyable ! se dit-elle. Comment cela est-il possible ? Et pourquoi maintenant ? On dirait qu'il est en train de se cloner lui-même. Il faut que je filme cela et que je transmette la vidéo au directeur.

Anne-Sophie Dulacq éloigna son œil du microscope pour déclencher l'enregistrement numérique puis se pencha à nouveau pour continuer à observer ce qui se passait dans la fiole. Aussitôt, la jeune femme poussa un cri d'angoisse : car la scissiparité s'était multipliée et accélérée, au point de remplir presque complètement la fiole où le virus d'origine ne représentait qu'un point minuscule. Effarée, la laborantine put voir un phénomène théoriquement impossible : le verre de la fiole se dilata et se fissura sous la pression grandissante des virus qui se reproduisaient à une allure folle ; l'instinct de survie de la jeune femme lui dicta alors de s'enfuir de la salle blanche.

Mais il était déjà trop tard : tel un essaim géant à la croissance exponentielle, le groupe d'agents pathogènes mutants avait entamé sa colonisation de la planète en remplissant en quelques secondes le laboratoire de la Police scientifique ; celui-ci, comme la fiole du départ, allait bientôt exploser sous la pression monstrueuse générée par les virus qui se reproduisaient toujours aussi vite.

Anne-Sophie Dulacq fut la première victime humaine de cette attaque virale mutante : sa combinaison n'avait pas pu résister à l'offensive des microbes artificiels déchaînés et elle mourut en quelques secondes, les yeux grands ouverts sur cette vision terrifiante.

Avec mes remerciements à Marie-Christine Janton et Ingrid Marquier pour leur relecture.

Éditeur :
Books on Demand GmbH,
12/14 rond-point des Champs-Élysées,
75008 Paris, France

Impression :
Books on Demand GmbH, Norderstedt, Allemagne

ISBN : 9782322147472

Dépôt légal : août 2018

www.bod.fr

Illustration de couverture : pixabay.com